淚珠與珍珠

琦君 著

琦君 作品集

然而我還是最愛阿拉伯詩人所編的故事：「天使的眼淚，落入正在張殼賞月的牡蠣體內，變成一粒珍珠。」其實是牡蠣為了努力排除體內的沙子，分泌液體，將沙子包圍起來，反而形成一粒圓潤的珍珠。可見生命在奮鬥歷程中，是多麼艱苦？這一粒珍珠，又未始不是牡蠣的淚珠呢？

紀念珍藏版

終究無法將她久留人間

——送別文壇前輩駕返瑤池

廖玉蕙

下課時分，校園裡人潮洶湧，和朋友正邊走邊聊著，手機響起。朋友打開又關閉後，神色凝重，說：「琦君過世了！」我愣了一下，覺得腦門一陣暈眩，隨即像是繞了個大彎似的，結巴地繼續方才的話題。人潮逐漸散去，我們在轉角處相互道別，我由白花花的陽光下走進教室，是一門名曰「影劇與人生」的課程。關上燈，拉上窗簾，《油炸綠番茄》的劇情緩緩展開。不多久，銀幕上，一場歡樂的婚禮進行後，疾行的火車奪去了青春正盛的男子的生命，黑暗中，我忽然喉頭哽咽，辛酸難抑，其實不是為劇中人，而是剛剛聽到的琦君噩耗開始在心裡翻騰盤旋。外面的世界價值崩毀、吵雜喧囂，一逕溫潤的琦君怕是再也看不下去了！琦君走了，是不是代表著傳統溫柔敦厚文風的徹底終結？讓人不禁思之悵然。

二〇〇一年夏日，因為執行國科會的計畫案，我遠赴美國東岸的紐澤西，造訪琦君，對她做了一次深度的錄影訪談，那應該是琦君女士能夠清晰且有條理地表達理念的最後一次正式接受訪問，其後，她的身體狀況日趨衰弱，記憶像是穿越時空，逐漸恍恍惚惚地跌落在遙遠的童年、迢遞的溫州。

笑語中的邂逅，其實早在三十餘年前，我便已經和琦君女士有過短暫邂逅。當時，我在《幼獅文藝》擔任兼職編輯。彷彿是在什麼樣的集會過後，幾位女作家聯袂到社裡，身為主人的瘂弦先生作東，在二樓的咖啡館小聚。當時我尚在大學就讀，一口氣見識到這麼多位的知名作家，緊張興奮地心臟都快跳出胸腔。那個午後，大夥兒聊著家常，給我留下最深刻印象的，非琦君莫屬。

那時，她大約和我現在一般歲數吧！卻不失赤子之心，總是像小女孩一樣，側著頭聽話，不時露出驚訝的表情，每回接話，總是充滿歡喜讚歎。譬如有人不屑某人的吝嗇行徑，講得咬牙切齒，聽著、聽著，琦君便興奮地插嘴說：「啊！真的嗎！他怎麼這麼可愛！」有人說起某人的狡猾，語氣鄙薄，琦君不管，接著又是一句天真的讚美：「這個人真是聰明！好有趣。」所有的負面批評，穿過她的耳朵，再從口裡吐出時，全成了正向的讚詞，原本意在批判的人，被如此翻江倒海的新解搞得完全無計可施，只能訕訕發笑，岔開話去。

笑語聲中，我圓睜著雙眼，眼珠子滴溜滴溜地轉，簡直是大開眼界！原本以為「溫柔敦厚」四字，只合刻在古書裡，等著考試時取用，誰知真真落實到了人間。我從未和琦君提起那椿年少時的往事，但那回的會面確實讓我對所謂「優質作家」有非常特別的憧憬。

三十多年後，我們冒昧地扛著數位攝影機，直奔琦君的美東家居。她當然不記得曾經有過的一面之緣，只歡歡喜喜接待外子和我。星期天的早晨，她所居住的城市，安靜得像是尚未醒轉，站在門外等候應門的片刻，我轉身放眼四望，一四一七號的門牌外，花葉扶疏，一株不知名的大樹款擺著一身濃密的紫紅，直達徘徊著淡淡雲彩的天空。我隨口跟身旁的外子說：「怎麼八月天竟然已隱隱有了秋意？」門開處，拄著柺杖的琦君，在夫君李先生的身後探出頭來，露出驚訝的表情。

「不是下星期日嗎？……啊！最近記憶力真不行……我們不是約了下個星期日？」緊接的是一迭聲的抱歉，散文家想到的不是採訪的相關問題，而是懊惱：「怎麼辦？以為是下星期，今天中午另外約了朋友，沒辦法和你們共進午餐！你們老遠跑來，這怎麼行哪！不像話……哎呀！人老了，真不中用……」

雖然，我們再三說明中午另有約會，也沒有時間多做逗留，兩位老人家還是耿耿於懷。直到外子取出錄影器材，琦君才急忙進到裡屋，再出現時，她淡掃蛾眉，腮邊多了一抹紅暈，灰色西裝長褲上，是藍底白花襯衫，外加直條灰背心。屋子裡，小擺設觸目皆是，牆上除了掛著夫妻年輕時的合影外，還有朋友致贈的字畫、剪紙、壓乾楓葉、終身成就的獎牌；樓梯旁，懸掛了各式各樣的風鈴、葫蘆狀飾品、手工編織物，連茶几上都端坐著好幾個可愛的兒童及動物玩偶。隨著我的眼光所到之處，琦君不厭其煩一一細說緣會，每一件飾物後的故事，都見證著琦君惜物、惜情的溫暖襟抱。其後知道，我們當時奉贈的從日本京都文學步道旁的小店買來的兩只圓球掛飾及後來郵寄去的夫妻合作月曆也都有幸忝列其間。因為，在接下來的魚雁往還中，琦君屢屢提到：「惠贈的兩顆圓球，懸在燈下，優閒地飄蕩，使我這老病之身也優閒起來了。」「承惠贈燦爛月曆，感激萬萬分！二位合作的精品，懸諸壁間，隨時注視、默默體味畫與題字的意境，給我無限開闊的境界，更有一份友情的溫暖在心頭，我好感謝好感謝啊！」溫柔高廣的文學版圖就是這般的體貼溫厚，造就了琦君特殊的文學版圖，她的讀者群之廣大，在當代作家中堪稱無與倫比，可說地無分南北、人不分老幼。琦君文學裡呈現的醇厚質地，無論是文學表現手法或文章內容精神，都堪稱在亂世中織就一片難得的錦繡，不繁華，少雕飾，素雅高潔，讓人打從心底歡喜。她在文章中所描繪的世界，容或有瑕疵，卻絕非無可救藥；她看去的人間，永遠存在著希望；她眼中的世間男女，一逕溫暖動人。這種種難得的品質，事實上已然成為稀世之珍，一如她的本名「希珍」。

在採訪過程中，我覺察到琦君再是謙和溫柔，但是對文評家嚴厲的批評還是頗為介意。當我提出某位文評家指出她的文章因為過度溫柔敦厚，筆下常成是非不分的菩薩心腸時，她的反應相當有趣。始則露出靦腆的笑容承認：「因為這枝筆已經成習慣了，寫好的寫習慣了，一寫，心裡想到的都是溫馨的。」她謙稱自己比較笨，反面或真正惡毒的事，沒有文采可以寫出來。接著，在訪談題目已然轉換到別處時，忽然又將話題拉回，不甘心地辯解：「可是，我覺得社會上壞事已經很多了，為什麼不把好的一方面表現出來呢！」等到訪談都快接近尾聲了，或許是醇厚的本性使然，峰迴路轉的，她又回到這個話題上來，客氣地說：「可能因為婚後這幾十年來都很幸福，沒有遇到什麼壞人、壞事，對這些沒有那麼深刻的體認。所以，雖然覺得隱惡揚善比較好，不過也知道寫作一篇引起讀者興趣的小說，一面倒地全都是善的，人家也不一定接受。所以，我必須要訓練自己的筆，使善惡平衡，才能夠取信讀者。」由她對此事反覆沉吟、再三陳辭的狀況，可見琦君對稍顯負面的評論的確相當掛懷，我由是對自己迢迢漂洋過海提出過度犀利的問題感到十分汗顏。

魚雁流年宛如一夢，回到台北後，我們開始通信。她的信和文章一樣，細膩包容，展示了美好的人格特質：「這次賢伉儷來舍間，殷殷訪問，一片誠懇，使我非常感動。但我們竟沒有好好招待，實在慚愧。惠贈大作，一定好好拜讀、細細品味，讓我們成為神交的好友。……由尊著中讀出您的一片童心，您真是位好母親、好老師，相信我們一定會成為好友的。」我將登載訪問稿的報紙寄給她，請求她：「若有修正意見，請不吝在上頭修改，以利將來出書。」她仔細做了校正後，還客氣地在信上解釋：「我不好意思用紅筆加添字，因為太沒有禮貌，用黑色原子筆，又如此地模糊不清，害你花時間精神慢慢辨認，真對不起。但無論如何，我們已是好友，心情溝通的好友，以後盼多指教。」老一輩文人儒雅謙遜且處處講究禮節的風範，在字裡行間充分顯現。非但如此，每封信，她都不吝給予後學如我者諸多鼓勵，譬如，讀過我訪問劉大任先生後撰寫的稿子，她立刻來信說：「拜讀您對劉大任先生的訪問，真是精采極了！由於您問得那麼深刻、廣闊，使他得以盡情盡興地回答，啟發讀者深深的體味，比讀許多不著邊際的『文學書』不知好多少，您的智慧可從您深刻的訪問中看出。」當我將訪問稿集結成書的《走訪捕蝶人》奉贈時，她也禮數周到地來了一信，給予謬賞：「收到你寄來的《走訪捕蝶人》，真是感謝萬分。我會仔細地一篇篇慢慢地拜讀，才不辜負你訪問每一位作者的一片苦心。使我最感動的是全茂先生對你全心的支持與協助，煥發的是最燦爛的愛的光輝，你們兩位是一對神仙眷屬。被訪問者之所以能暢所欲言，乃是由於你倆的誠懇、謙和和謙沖。」她總是千方百計從各個角度尋索到朋友的好處，這也給我許多的啟發，宅心仁厚的人，的確比較容易看到美麗的風景，感受人世的美好，這是老天對她的厚賜。而每次收到這樣的信，總教我非常的振奮。

只是，有時也不免因為她的太過謙抑而感到誠惶誠恐，譬如，她不時在信裡寫道：「如蒙不棄，真想與您成為好友啊！但我知道您極忙，絕不會打擾你的。」「在台時，因為人太多，我很慌亂，沒有和你談，真可惜。希望能早日見面。我住過杭州南路二段很久，後來才搬到濟南路的。現在回想，都像是一場夢。人老了，又有何用，盼你不棄才好。」「我會再試試的！」看到文壇前輩這樣近乎委屈的來信，我簡直慚愧地不知如何回覆才好。除此之外，我也另有隱憂，每封信裡，琦君女士定在或前或後的某個段落，加註：「倚枕書此，字不成形，乞多多原諒。」而讓人擔心的是，她那筆娟秀有力的字跡，確實不定期地呈現凌亂、虛弱的樣貌，看來她頭暈的宿疾似乎越加來勢洶洶了：「回來後，馬上又犯頭暈症，可能是太疲累之故。加以時差不能克服，倒在床上動不得，幸尚未嘔吐，但也無法去看醫生，只靠靜心休息，念觀世音菩薩，才漸漸恢復正常。」雖然，她常嘆息「『老』『病』真是不可抗拒。」又說「我年紀大了，萬事都力不從心，只好安命，多讀友人文章了。」但是，往往在感嘆過後，又躊躇滿志地自我勉勵道：「但我興趣仍不減，寫作靈感雖遠不如前，但仍想努力試試。」「我會再試試的！」她總在信裡這樣說，而我相信她的讀者也都這樣盼望著，只是，這樣的期待終究還是落空了。

琦君女士的細緻，還見於她的巧手。逢年過節，她總會在信裡黏上一只剪紙「春」字或「喜」字。二〇〇三年二月新年，我接獲她賜贈的最後一張剪紙「喜」字，她在卡片上寫著：「……以顫抖的『老』手，剪個四喜。虔祝二位幸福幸福幸福幸福……」我看著歪斜的字跡，忍不住紅了眼眶。

十二月耶誕節，沒有預期中的剪紙，她寄來了友人所攝的杭州西湖荷花照片兩張：「與二位分享清香，並寄遠念之意，希望能早日歡聚也。」終究要送別從那以後，我們便斷了音訊。信件的稱謂，由「玉蕙女士」、「玉蕙妹」、「玉蕙仁妹」一直到「親愛的玉蕙妹」，然後，再度回歸靜默。許是無謂的忙碌，我們各自回歸無相交集的軌道，等到再見面已事隔經年。

淡水潤福一見，我如與久違的親人重逢，險險落下淚來。琦君看來神清氣爽，只是思路時常打結，每隔幾分鐘，便提問：「我現在在哪裡？」直到聽聞「在台北」的答案後，才撫胸放下心來。我感覺她彷彿《紅樓夢》裡掉了寶玉的寶哥哥，將神魂遺落他鄉，一時還來不及運送回台。藕斷絲連的回憶，像散落的斷簡殘編，一行人哄著老人家，跟著溫州、美國、台灣三地忽遠忽近地團團轉，三年前接受採訪時的清明已不復見。我說：「我是廖玉蕙。」她回說：「我知道，你是廖玉蕙。」但是，我知道她其實並不知道廖玉蕙是誰，我表面不動聲色，內心慘怛傷痛。

「蜀道之難，難於上青天。」李白說。

而我以為世道的難行，更有甚於上青天、行蜀道。然而，無奈的是世道再難也得一步一步走下去。高壽九十的琦君走著走著，終也和詩仙一般走到了盡頭。我有幸藉著書信往還，陪她走了一段，如今，只能端端正正站在路旁，恭送她駕返瑤池。我肯定像她這樣的良善、溫柔，兼具一身寫作本事的人，絕對和李白一樣是仙人轉世，我們終究無法將她久留人間。

——原載民國九十五年六月十三日《自由副刊》

目錄

輯二　藝文之樂

輯三　有情天地

輯四　旅美隨筆

永懷琦君專輯

初版自序

每回看完一本新書的校樣時，都會有一份感覺：寫得還可以，現在反而寫不得這麼好了。這種自我陶醉又有點惶惑的心情，是否顯示我在寫作上是退步了。但我總還沒因此氣餒，而仍自我砥礪地寫下去。寄居五年來，曾先後出版了五本散文集，沒有讓光陰虛擲，差堪自慰。

可是這次在校完《淚珠與珍珠》時，竟然覺得這些篇章，怎麼都陌生得不像是我寫的呢？當時明明是捕捉到靈感，提筆疾書而成的，如今讀來，竟有如和一位素昧平生，卻又一見如故、性情投契的朋友相晤談，於快慰平生之餘，摻雜著一絲「靈泉枯竭，難以為繼」的失落感。這種感覺，令人十分心驚。

但當我重看一遍〈小茶匙〉、〈窗前小鳥〉、〈盼雪心情〉、〈忘掉了〉、〈念蟋蟀〉、〈老師不要哭〉、〈幼兒看戲〉、〈打雷與戰爭〉、〈和媽媽同生肖〉

諸篇時，又不禁於淚眼盈盈中，破涕為笑。因為這些短文喚回了我童稚的情懷。

這倒並不意味著除了上面提到的各篇之外，其他的都無足觀。相信凡是關懷我的讀者，都可體會到，書中的每一篇都是我盡心盡力，試著以自認為最精簡的文字，表達最真摯深沉的感受的。

但願我那種「靈泉枯竭，難以為繼」的感覺，只是一時的情緒低潮，而能再接再厲地寫下去。

敬愛的讀者們，請多多給予鼓勵吧！

最後要請問：您喜不喜歡《淚珠與珍珠》這個書名呢？

琦君

民國七十八年六月二十九日

於紐澤西

輯一　童稚情懷

新春的喜悅

今天已是立春，但距離農曆新年還有半個月。在這半個月中，心情上有一份過了一個新年，還有一個新年的興奮與期待。在異鄉異國，尤不免懷念故鄉的農曆新年。

我的故鄉，是一個民風純樸的農村。新年的期間特別長。要從臘月二十四日送竈神開始，直到二月初二迎神大廟會後才算尾聲。孩子們在融融的爐火、紅紅的紗燈，和片片雪花中，穿紅著綠，蹦蹦跳跳，吃吃玩玩，好開心啊。

記憶中最開心的事，就是穿上新衣，提著紅包，代表母親挨家去喝春酒。其實紅包裡只不過十幾粒紅棗或桂圓，就算對長輩的敬意了。但喝完了春酒以後，荷包裡卻裝著滿滿的糖果和柑桔，還有叮叮噹噹的壓歲錢。有的是銀元，有的是銀角子，都是我連聲喊阿公阿婆，攤開手掌心接過來的。銀元交給母親存起來，角子留給自己買鞭炮和玩具，糖果糕餅吃得肚子像蜜蜂。

喝完左鄰右舍的春酒，我家還有一項特別節目，就是喝會酒。凡是村子裡有人需錢急用，要湊齊十二個人起個會。正月裡，會首總要請那十一個人喝春酒，表示感謝，地點一定借用我家的大花廳。酒席是從城裡叫來的，比鄉下人自己做的多了好幾道菜。稱之爲「十二碟」。那就是四冷盤、四熱炒、四大菜，是最最講究的酒席了。所以我們鄉下人對人表示感謝的口頭話，就是：「我請你吃十二碟。」

因此我就眼巴巴地等著吃那一頓「十二碟」。

母親是最好客也最熱心的，總是樂意把大花廳借給大家請客，可以添點新春喜氣。長工也高興地把煤氣燈的玻璃罩擦得晶晶亮，呼呼呼地點燃了，掛在花廳正中，讓大家喝酒猜拳，那一份熱鬧氣氛不用說了。我呢？一定有分兒坐在會首身邊，得吃得喝，吃了拿，拿了再吃。最後還分得一條角上印紅花的手帕，包了糖果放在抽屜裡慢慢吃。慷慨的母親，還會捧出一瓶自己做的八寶酒，給大家助興。

母親是不上會的，但每年正月喝會酒時，她都會提出一個建議，就是每家（包括她自己）都要隨意樂捐米糧、衣物或金錢，接濟村子裡窮苦的人家，由會首送去，使人人皆大歡喜。因此我家春節的會酒，是村子裡遠近皆知的盛況。母親推己及人的善心，於此可見。

歲月不居，一晃眼，半個多世紀已匆匆流逝。每到農曆新年，故鄉的情景，母親的慈容，都會浮現眼前，也愈加使我體會得除舊迎新，努力前瞻的深長意義。

——原載民國七十六年立春日《華副》

冬夏陽光

鄰居的一個孩子在上小學，每天黃色的校車來接他時，從沒看他先站在門口等車，總是讓全車的小朋友等他好幾分鐘，才遲遲地由母親幫他提著書包送上車。有一天，司機不悅地與他交涉了幾句，第二天總算等在門口，按時上車，漸漸地卻又故態復萌。這一家是韓國人，我眞爲我們東方人的不守時感到羞恥。眞想問這位母親，爲什麼不訓練孩子獨立地自己候車，不必步步護送。但是看他那副不理不睬的優越感神態，只好作罷。

「守時」是做人基本態度之一。自幼即當予以訓練，給孩子正確的觀念：浪費別人的時間是非常不應該的。

我在初一時，英文老師非常嚴厲。早上第一節就是英文，沒有一個同學敢遲到。有一個大雪天，我穿著雨靴，蹣跚地走到學校，竟遲到了五分鐘。在課室門外站著不敢進去，直到老師講解到一個段落之後，她才走到課堂後面把邊門打開，讓我進去，卻只許坐在後排，不讓我走到第一排自己的位置就座。那一堂課，我含著眼淚，如坐針氈，度秒如年。

下課以後，老師把我叫到面前，溫和地對我說：「我無意懲罰你，也沒記下你這第一次的遲到。但我要你知道，一個人要懂得尊重別人的時間，要表現團體精神。我正在講課，你如從前門進來，一定會分散同學們的注意力，起碼你前後左右的同伴會受你騷擾。你知道嗎？一個人為你浪費半分鐘，全班二十四位同學就浪費了十二分鐘，這是不應該的。」

我眼淚汪汪地說是因為大雪天路不好走。她笑了一下說：「不要找理由原諒你自己，你看別的同學怎麼都到齊了呢？任何困難都是可以克服的，你要培養這份自信心和自尊心。」

她的訓諭如沉重的錘子，一記記敲打在我心頭。從此我沒有再遲到過，不論任何一節課。因為我牢牢記住，要尊重老師，尊重同學，珍惜我們的班級榮譽。我們班雖都是小小年紀，而勤勞、清潔、安靜，在全校是名列前茅的。我們的努力與自愛，實由於嚴厲的英文老師，與慈愛的級任導師剛柔並濟的輔導。

記得有一回，我悄悄地向級任導師訴說英文老師對我遲到的處罰時，她愛憐地撫著我的頭說：「如果那一次她讓你自由自在地進來，你就會有第二次、第三次的遲到，慢慢地，你就會賴牀不起來了。人是有彈性的，年紀小小的，一定要把弦繃得緊緊的，才夠勁。」

我們都說她是冬天的太陽，而英文老師是夏天的太陽。我們在有時溫煦，有時熾熱的陽光下漸漸長大了。

——原載民國七十六年二月《婦友》

萬花筒

旅遊中，在賣紀念品店裡看到一個細細長長，銀光閃亮的管子，好奇地拿起來一看，原來是萬花筒。對著燈光邊轉邊看，五彩繽紛的花朵兒在那一端千變萬化，我有點愛不釋手，一看價錢竟是四元，太貴了，只好悻悻地放下。上車以後，總是想著那個萬花筒。與老伴說：「我怎麼會捨不得四元，不把它買回來呢？」他淡然一笑說：「買回來你就會把它丟在抽屜角落裡，永不再玩了。萬樣東西總是失去的比得到的好。你一見鍾情的玩意兒太多，買得齊全嗎？」

他總是那麼哲學家似的把我訓了一頓。我只好默無一語，靠在椅背上，晃晃悠悠地，想念我失去的萬花筒。

其實我知道自己想念的不是這支萬花筒，而是童年時代被家庭教師鎖在抽屜裡的那一支。

那是大我三歲的堂叔給我做的。他的手最巧，用三條玻璃合成三角形管子，再把彩色玻璃敲碎，裝在一端，鑲上玻璃片，外面包了馬糞紙，再包錫箔紙，用大拇指背刮得晶光閃亮，才教我把眼睛貼在小圓洞口，一手轉著看裡面的五彩花朵兒，我眞是太驚奇、太高興了。把它捧在手裡，抱在胸前，走到東、走到西，一邊喊著：「哪個要看變戲法？一個銅板看一看。」長工伯伯們只對我咧咧嘴說：「只那麼個筒筒，變得出什麼戲法？」我生氣地走開了。

晚上臨睡前，我遞給母親看，她對著菜油燈看了半天，高興地說：「眞好看哪。」我忽然抱著她說：「媽媽，我好想念哥哥，因爲他的手更巧，也會做萬花筒，叔叔說的。」母親不作聲，眼淚卻幾乎掉下來了。因爲哥哥被父親帶到遙遠的北平，而且有病不能回來。

我在書房裡跟老師讀書時，偷偷地取出萬花筒來玩，被老師生氣地拿走，鎖在抽屜裡，竟一直都不還給我。我傷心地對叔叔說：「我不想讀書，也不想玩萬花筒了，覺得做人好苦啊，一點都不自由。」叔叔對我說：「小老太婆，怎麼會這樣想法？你看萬花筒裡不過幾粒玻璃末，會變出這許多花朵兒來。你的手一轉，要它變就變，我覺得做人有意思得很呢。」

叔叔的那幾句話，我一直到長大後都記得。人生原是千變萬化，看是由不得自己作主，但萬花筒原是握在你自己手中啊！

旅遊車在另一站停下來，我不再記得那支失去的萬花筒了。因爲迎面而來的，又是一番新景象。

人生原是多采多姿的萬花筒啊。

——原載民國七十七年三月六日《中華兒童》

「勞健險啊！」

我家鄉有句土話叫做「勞健」。凡是別人關心地問你身體好嗎？總是謙虛地回答：「勞健、勞健。」卻並不說：「託福、託福。」

仔細想想，非常合理。因爲勤勞者必定健康。這是全靠自己的，別人何能賜福給你？你又何能託別人之福而獲得健康呢？

記得童年時代，常聽親友們誇讚七十多高齡的外公身體好，外公就摸著白鬍鬚得意地說：「我吃山薯絲、挑重擔走山路，勞健險啊！」我也學著外公的口氣說：「我也勞健險，媽媽也勞健險啊。」「險」就是「非常非常」的意思，也是我家鄉土話。

外公呵呵地笑了，媽媽卻笑罵我道：「你是茶來伸手、飯來張口的懶丫頭，勞什麼呀？」外公抱我到懷裡說：「聽見沒有？要幫媽媽做事，身體才會健康。要勞險勞，就會健康險哪。」

所以「勞健」二字，我總是牢牢記得。也非常敬佩母親是位很勞健的女人。

有一次，在城裡念女子師範的四姑回鄉下來，對母親講女權運動的意義。母親邊炒菜邊揮著另一隻手說：「看我的大拳頭多有力氣？山薯拎好幾斤，磨都推得動。還要你們新式的『拳』作什麼？」四姑解釋說：「不是你這個拳頭的拳啦，是一種婦女運動的女權啦！」母親越發格格地笑起來：「我一天到晚裡裡外外地忙，還不夠『運動』呀？」

我也急著幫四姑說：「不是你這個運動，是男女平等的運動呀！」母親有點生氣了，她說：「平等平等，若是我們一雙小腳去田裡拔草，叫他們長工來煮飯，你們都要餓死了。」

母親的歪道理解釋，說得四姑啞口無言。母親還悄悄地對我說：「看你四姑讀了幾句書，人越來越斯文，卻是一來就傷風咳嗽，兩來就停食，都是因爲不運動呀。」她已經會用「運動」的新式字眼了。

說得也眞是呢！母親由於一年到頭的勤勞，很少生病。如今時代不同了。富裕的生活，方便的電氣設備，家庭主婦再不需要勞動，而且認爲勞動並不等於運動，勞動是體力的辛勞與消耗，運動卻是有規律的每日課題。有種種方式，種種名稱，如八段錦、外丹功、太極拳、禽舞、劍舞、狄斯可等等。如能持之以恆，都可增進健康。

但我始終不能忘記外公得意的自誇：「我勞健險啊！」因爲我相信他老人家的「勞」，不僅是體力，而是包含一切的勞。四肢勤勞，體力不會退化，腦子勤勞，記憶力、思考力不會退化，那麼心靈勤勞，靈感就會充沛。

所以我還是時時念著「勞健」二字，念著外公與母親的教誨。但願能以習勞而保持健康，卻不應想託任何人的福，這也可說是自求多福吧！

——原載民國七十六年十二月《婦友》

幼兒看戲

有一次看平劇，台上演的是蘆花蕩，周瑜與趙雲正殺得難解難分。聽後排一個小男孩問他爸爸：「這兩個哪個是好人，哪個是壞人呀？」做爸爸的回答：「兩個都是好人呀！」小孩又問：「兩個好人爲什麼要打架呢？」爸爸說：「好人跟好人有時也會打架的，你不是有時也常常跟哥哥打架嗎？」孩子不作聲了。過了一下又說：「爸爸，我不要跟哥哥打架了，我是好人，哥哥也是好人嘛。」

我聽得樂不可支。過一陣，周瑜又與黃忠打起來。小孩又問了：「爸爸，那個穿黃衣服的年輕人，鬍子爲什麼這麼白呀？」爸爸說：「那是假鬍子，他要扮老人呀！」小孩說：「不要扮老人嘛，難看死了。」

我忍不住笑出聲來，回頭朝他看。他正用一條白圍巾蒙住自己的下半邊臉，模仿台上黃忠的白鬍子，發現我在看他，不好意思地放下圍巾，噘起小嘴說：「我不要白鬍子，我不要當老人。」他的一派天眞可愛使我再也無心看台上的戲了。我也不禁想起自己幼年時，坐在外公的懷裡看戲的情景。我最喜歡看諸葛亮與關公，他們一出來，我就合掌拜拜。關公的馬童一翻筋斗，我就拍手。我不喜歡周倉、張飛，因爲他們的臉太大太黑了。

外公邊看邊講笑話，他說關公在台上把桌子一拍，喊一聲：「周倉在哪裡？」周倉正在台下摘下鬍子吃餛飩，聽關公喊他，連忙上台，卻忘了戴鬍子。關公一看他下巴光溜溜的，又把桌子一拍說：「叫你爸爸來。」周倉一摸下巴，連忙下去把鬍子戴了再上來，喊一聲「周倉來也。」

外公說完了，邊上的人都哈哈大笑，我好高興外公出了風頭。

最高興的是第二天，戲班子全體到我家來遊花園。我看出好幾個人臉上的油彩都沒洗乾淨，就問哪個是關公。那個演關公的就指著自己的鼻子尖說：「是我、是我。」我說：「你是忠臣，我最討厭曹操，他是奸臣。」那個演曹操的大笑說：「我是演奸臣的，你看我是好人還是壞人？」我看他一臉和氣，搖搖頭說：「我不知道。」他說：「我也是好人呀。」我說：「你不要演壞人嘛！」他說：「都要演好人，壞人誰演呢？」我有點迷惘了。外公說：「台上的壞人好人你分得清，台下的好人壞人，就分不清囉。」我越發的糊塗了。

七、八歲的童子，怎麼懂得外公話裡的意思。那時的我，不就跟現在後排那個孩子一樣天真嗎？

——原載民國七十七年一月三十一日《華副》

電影與我

我原是個愛看電影的人，也曾寫過好幾篇看電影的回憶文。寫我對少年歲月的留戀，對許多名片中深長涵義給我的感觸與領悟。

如今說起看電影，卻嘆息那些絢燦的時日，已離我遠去。在台北的後來十年，我就從不去電影街擠。來美以後，除了在電視上偶然重溫舊片外，從沒進過電影院。眞有點「情懷老去」的感慨。

倒是想起小時候，有一次去看日本大地震的電影，那情景留下深刻印象。那時我才六、七歲，從不看電影的母親，難得由父親陪伴帶了哥哥和我一起去看。母親後來告訴我，那是唯一的一次「全家福」看電影。儘管電影內容驚心動魄，但在母親心頭的回憶，一直是非常溫馨的，因爲我曾聽母親多次提起那次的情景。

我呢？只記得銀幕上無數的人影在晃動，剎那間，地裂開來，房屋倒塌下來，我嚇得往母親懷裡鑽，連聲說：「媽媽，我好怕，回去吧，這一點也沒勞萊哈台好看。」可是哥哥看得好有興趣，大聲說：「怕什麼嘛，是電影呀！」我不免又用雙手蒙住臉，從手指縫裡偷看。正看見一個小孩坐在一堆亂木上，一個大人遞給他一樣東西，大概是米飯團吧，他正要吃，地又震動起來，小孩跌倒了，米飯也滾落了，我又嚇得哭起來。

母親連聲念阿彌陀佛，回到家還一直在念。她對父親說：「聽你講中日戰爭，日本人好壞，天應該罰他們。現在看他們的老百姓在地震時死了那麼多，心裡卻好難過。」

我不大懂，大我三歲的哥哥就一本正經地說：「媽媽，地震是天災，不是天罰。那麼小的孩子，怎麼會壞？壞的是那些殺人的軍官呀。」

父親摸摸他的頭，露出讚許的神情。

又有一次，教我們讀書的先生帶我們去看「鐵達尼郵船遇險記」，這課書我們已讀過，看起來特別有意思。看到被救到小船上的老弱婦孺流著眼淚，遠遠望著大船站在甲板上的人，逐漸隨船沉沒下去，我們眼淚也流下來了。哥哥仰頭問老師：「先生，那些守在大船上的人，就是你所說的捨生取義吧！」

老師連連向他點頭。

我們看的電影很少，但每回看完一部電影，都會回味好久，好像從那裡面領會很多似的。這也許就是我們童年時代，僅有的一點電影教育吧！

哥哥天資聰穎過人，小小年紀，就能分析事理，明辨是非，可惜只活了十三年就離我而去了。我們兄妹歡樂相聚的日子非常短暫。所以這兩次的同看電影，也使我永難忘懷。

——原載民國七十七年二月《幼獅少年》

和媽媽同生肖

我自幼怕冷，冬天裡腳手冰涼。阿榮伯說因爲我是屬蛇的。我說：「媽媽也屬蛇，爲什麼她的手是暖烘烘的呢？」阿榮伯說：「因爲你媽媽整天忙碌，腳手就暖了。媽媽是勤快蛇，你是懶惰蛇哪。」我咯咯地笑了。

有一個深秋夜晚，我躺在牀上看故事書，忽聽牆腳嘶嘶之聲，原來是一條灰白大蛇向我們爬來。我嚇得發抖，媽媽不慌不忙，拿起衣櫥邊的陽傘，把傘柄伸過去，嘴裡念著：「出去吧，出去吧。」媽媽似有降龍伏虎之功，陽傘變成魔傘，蛇竟乖乖地把頭纏在傘鉤之上，慢慢遊出房門去了。媽媽立刻爬上牀，緊緊抱住我，原來她也在發抖呢。我問媽媽蛇爲什麼要來呢？媽媽想了一下，笑起來說：「因爲我倆都屬蛇，牠來看看我們呀。」我摟得媽媽更緊些，覺得我們母女好親，媽媽好勇敢啊！

有人說蛇出現，家宅不寧。媽媽說：「沒有的事，只要心懷慈悲，不殺害生靈，凡事逢凶化吉。」聽媽媽這麼說，我也不再怕蛇了。

——原載民國七十八年元月《幼獅少年》

媽媽的小腳

母親在少女時代，最最遺憾的就是沒有一雙秀氣的三寸金蓮。因爲她是長女，要帶著弟弟幫雙親在田間工作。纏腳稍晚，就收不小了。自從她十六歲訂婚以後，新郎在外地求學，遲遲不歸。她默默地擔著心事，左等右等，等到十九歲才成婚。她心裡想，新郎一定是嫌她的腳不夠秀氣的。

沒想到母親結婚以後，父親第一件事就是先勸她解掉十多尺長的裹腳紗，把小腳放大。免得走路搖搖晃晃，一副吃力的樣子。可惜母親雖然把裹腳紗解開了，腳卻再也放不大。因爲腳趾骨已折斷，不能恢復原狀。就算套上鬆鬆的尖頭襪子，走起路來仍舊搖搖晃晃，弱不禁風的樣子。

其實母親並不是眞的弱不禁風。她整天、整年的忙進忙出，侍奉公婆和丈夫，安排長工們田間的工作，照顧他們的飲食。每天上午十時、下午四時的接力（點心），總是別出心裁的有變化。連頑皮搗蛋的哥哥和剛會走路的我，都吃得肚子鼓鼓的像蜜蜂，飛來飛去擾著她。她一雙變形的小腳，負荷起一家的重擔，從沒喊過一聲疼。

我逐漸長大以後，時常幫她提著一木桶飼料，跟在她後面，學著她搖搖晃晃的姿態，去豬欄邊餵豬。也時常看她忙完一天的家務，在硬綳綳的長凳上坐下來，揉著腳後跟輕聲地說：「好疼啊！」我也在高門檻上坐下來，學著她揉著腳後跟說：「好疼啊！」她輕輕拍了下我的肩膀，笑咪咪地說：「你若是知道疼就好了。」

過了幾年，父親從北平下任歸來，帶回一位「如花美眷」，她是旗人，有一雙長長的天足。一進門，母親用吃驚的眼神，把她從頭看到腳。一聲不響地回到自己房間裡，對著鏡子照了半天，嘆息了一聲，悵惘地對我說：「原來你爸爸是喜歡大腳的。我當初不纏腳就好了。」

——民國七十八年五月十日母親節前夕於台北

粽子裡的鄉愁

異鄉客地，愈是沒有年節的氣氛，愈是懷念舊時代的年節情景。端陽是個大節，也是母親大忙特忙、大顯身手的好時光。想起她靈活的雙手，裹著四角玲瓏的粽子，就好像馬上聞到那股子粽香了。

母親包的粽子，種類很多。蓮子紅棗粽只包少許幾個，是專為供佛的素粽。葷的豆沙粽、豬肉粽、火腿粽可以供祖先，供過以後稱之謂「子孫粽」。吃了將會保佑後代兒孫綿延。包得最多的是紅豆粽、白米粽和灰湯粽。一家人享受以外，還要布施乞丐。母親總是為乞丐大量的準備一批，美其名曰「富貴粽」。

我最最喜歡吃的是灰湯粽。那是用早稻草燒成灰，鋪在白布上，拿開水一沖，滴下的熱湯呈深褐色，內含大量的鹼。把包好的白米粽浸泡灰湯中一段時間（大約一夜晚吧），提出來煮熟，就是淺咖啡色帶鹼味的灰湯粽。那股子特別的清香，是其他粽子所不及的。我一口氣可以吃兩個，因爲灰湯粽不但不礙胃，反而有幫助消化之功。過節時若吃得過飽，母親就用灰湯粽焙成灰，叫我用開水送服，胃就舒服了。完全是自然食物的自然治療法。母親常說我是從灰湯粽裡長大的。幾十年來，一想起灰湯粽的香味，就神往童年與故鄉的快樂時光。但在今天到哪裡去找早稻草燒出灰來沖灰湯呢？

端午節那天，乞丐一早就來討粽子。眞個是門庭若市。我幫著長工阿榮提著富貴粽，一個個地分。忙得不亦樂乎。乞丐常高聲地喊：「太太，高升點（意謂多給點）。明裡去了暗裡來，積福積德，保佑你大富大貴啊！」母親總是從廚房裡出來，連聲說：「大家有福，大家有福。」

乞丐去後，我問母親：「他們討飯吃，有什麼福呢？」母親正色道：「不要這樣講。誰能保證一生一世享福？誰又能保證下一世有福還是沒福。福是要靠自己修的。時時刻刻要存好心，要惜福最要緊。他們做乞丐的，並不是一個個都是好吃懶做的，有的是一時做錯了事，敗了家業。有的是上一代沒積福，害了他們。你看那些孩子，跟著爹娘日曬夜露的討飯，他們做錯了什麼，有什麼罪過呢？

母親的話，在我心頭重重地敲了一下。因而每回看到乞丐們背上揹的嬰兒，小腦袋晃來晃去，在太陽裡曬著，雨裡淋著，心裡就有說不出的難過。當我把粽子遞給小乞丐時，他們伸出黑漆漆的雙手接過去，嘴裡說著：「謝謝你啊！」眼睛睜得大大的，看我一身的新衣服。他們有許多都和我差不多年紀，差不多高矮。我就會想，他們爲什麼當乞丐，我爲什麼住這樣大房子，有好東西吃，有書讀？想想媽媽說的，誰能保證一生一世享福，心裡就害怕起來。

有一回，一個小女孩悄聲對我說：「再給我一個粽子吧。我阿婆有病走不動，我帶回去給她吃。」我連忙給她一個大大的灰湯粽。她又說：「灰湯粽是咬食的（幫助消化），我們沒有什麼肉吃呀。」我聽了很難過，就去廚房裡拿一個肉粽給她，她沒有等我，已經走得很遠了。我追上去把粽子給她。我說：「你有阿婆，我沒有阿婆了。」她看了我半晌說：「我也沒有阿婆，是我後娘叫我這麼說的。」我吃驚地問：「你後娘？」她說：「是啊！她常常打我，用手指甲掐我，你看我手上腳上都有紫印。」

聽了她的話，我眼淚馬上流出來了，我再也不嫌她髒，拉著她的手說：「你不要討飯了，我求媽媽收留你，你幫我們做事，我們一同玩，我教你認字。」她靜靜地看著我，搖搖頭說：「我沒這個福分。」

她甩開我的手，很快地跑了。

我回來呆呆地想了好久，告訴母親，母親也呆呆地想了好久。嘆口氣說：「我也不知道要怎樣做才周全，世上苦命的人太多了。」

日月飛逝，那個討粽子的小女孩，她一臉悲苦的神情，她一雙吃驚的眼睛，和她堅決地快跑而逝的背影，時常浮現我心頭，她小小年紀，是眞的認命，還是更喜歡過乞討的流浪生活。如果她仍在人間的話，也已是年逾七旬的老嫗了。人世茫茫，她究竟活得怎樣，活在哪裡呢？

每年的端午節來臨時，我很少吃粽子，更無從吃到清香的灰湯粽。母親細緻的手藝，和瑣瑣屑屑的事，都只能在不盡的懷念中追尋了。

——民國七十八年五月十五日端陽前一月於台北

傘之戀

我有好幾把小摺傘。朋友送的，自己買的，我都一一珍藏。因爲我對傘有一份偏愛。愛它玲瓏小巧，愛它撐開來時籠罩著夢境似的那份美。

撐著傘，在雨地裡漫步，聽傘背上的滴答之聲，把世上一切的煩囂嘈雜一起洗滌，浮起的是一片清明潔淨。記得有一位詩人把傘比作整個宇宙，是一點不錯的。

最記得小時候，下雨天晚上去看廟戲，外公一手打著大大的桐油傘，一手提著紅燈籠，叫我牽著他的青布大圍裙，一步步踩著石子路往前走，那一份歡樂與溫暖，至今仍縈繞心頭。

旅居中很少在雨天外出，即使外出也都是搭老伴的車，所以很少用傘的機會。因此我常常選擇下雨天撐起傘在附近散步。不是附庸風雅的聽雨，只是爲了懷念童年，和享受傘對我覆蓋照顧的溫馨。

在室內，我也常把所有的傘都打開來，對著陽光或燈光照照，擺在地上看看，想像它們像湖上綻開的蓮花。在台北時，最喜歡看下雨天一群群上學的小朋友撐著各種彩色的傘，在雨地裡移動著的情景，總覺得那裡面有一個小孩就是我自己。

大前年回國時，有一個雨天在路邊攤匆匆買了把小黑傘，非常輕便實用。我雨天散步時總是用它，沒想到其中一根傘骨因生鏽折斷了，老伴認為不能修理把它扔進垃圾桶，我連忙撿回來，要帶回國修好。我眞想能找到多年前在故居牆角邊那位修傘的老人。那一次是因爲傘頂掉了，有一處脫了線。他爲我仔細縫好，配上傘頂，工作大半天，只收我一塊台幣。還告訴我說：「我爲你在傘頂上塗了膠水，這樣就不容易掉，免得你再配時花錢。」我問他：「您這樣做豈不是生意更少了？」他笑笑說：「我是要把客人的傘修理得能長久使用，不是拿這騙錢的。」好了不起的老人，我永遠記得他這句話，並曾寫過一篇小文紀念他。

說起傘頂，我倒是想起當年母親給我講的一個故事：

有一個年輕婦人和丈夫吵架，一時想不開，竟要去尋短見，走到河邊，卻看見她的公公，手裡捏著一把傘，在橋上來回地走，好像在找什麼東西。她奇怪地問：「公公，您在找什麼呀？」公公回答說：「我的傘頂掉了。」媳婦說：「傘頂那麼小，怎麼找得到呢？」公公說：「我一定要把它找到，因爲一把傘，沒有了傘頂，就會散掉。這就好比一個家，沒有一個家主婆，這個家就會散掉。」媳婦問：「公公，您說一個家究竟是男人重要，還是家主婆重要？」公公說：「兩個都一樣重要，男人是傘柄，支持著傘。女人是傘頂，如果沒有傘頂，傘怎麼撐得起來呢？」媳婦立刻覺悟自己在家庭裡的重要性，和丈夫應當同心一力的相依，就馬上打消投河的念頭，跟著公公一起回家了。

母親講完故事，輕輕嘆一口氣說：「再怎麼說，傘頂和傘柄，總要彼此相關聯啊！」

母親的話，我長大成家後才深深體味到了。

我又想起在中學時，寫過一篇作文，題目是〈父親的傘〉，雖然事隔數十年，而內容仍依稀記得。我寫一個倔強的女孩，陰天外出時不聽父親的話，沒有帶傘。走到中途，就下起大雨來，正在十分狼狽之時，卻見父親急急趕來，一把大傘，將她遮住。她仰臉望父親半邊肩頭全被雨淋濕了，她偎依在父親胸前，淚珠滾滾而下。

這篇「文章」，被國文老師圈圈點點，批語是「感情十分眞摯」，還被公布在壁報上呢。感情眞摯的原因，是我頭天晚上因古文背不出來，受了父親嚴厲的斥責。次晨我負氣餓肚子冒著微雨上學，到學校時，衣服和頭髮都濕了。我抹著雨水和眼淚，在自修課時寫了這篇〈父親的傘〉。

我也記得那時英文課裡，讀奧爾珂德的《小婦人》，當二姊喬孤寂地踽踽獨行在雨中時，猛抬頭卻見一把大傘伸過來把她遮住，那就是她所默默敬仰的教授來接她了。

少女情懷，讀這一段時感到回味無窮。傘，確實給人大樹底下好遮蔭的安全感，也撩人種種溫馨的想像，因此我對它有一份特別深厚的情意。

有一回，我和老伴兒同撐一把大黑傘，在雨中散步，我不由絮絮叨叨地跟他念這些舊事。他呢，似聽非聽，卻連聲說很有意思，他取笑地說最有意思的還是我們遊義大利時，一下子走失散了。若不是我情急智生，撐著那把海水藍的傘，在大太陽裡焦急的等待，讓他一眼望見，也許我已迷失在威尼斯回不來了。

對了，海水藍的傘，是我最愛的一把，出遠門時總捨不得帶它，生怕遺失。只有在附近散步時才偶然用它，享受一下蔚藍夢境之美。

——原載民國七十七年四月十四日《世界日報》

人參的故事

我們都知道，人參是中藥中最名貴的一種補品，出產在最寒冷的東北吉林省。於是就有了如下一個傳說：有兄弟二人，在冬天想吃鹿肉，就一同上山打獵。天氣忽然變了，一時風雪大作，幾天幾夜不停，他們鼓足了勇氣，掙扎著想回家，卻是迷了方向。飢寒交迫中，只好在一個茂密的叢林裡暫時躲避。卻發現一株枯死多年的大樹，樹幹都已裂開，當中有一個大洞。他們就全力用斧頭把裡面挖空，躲進洞中以避風雪。餓了就啃點樹皮，渴了吞點雪。但風雪實在太大，他們仍抵不住刻骨的寒冷。在奄奄一息中，弟弟好像聞到一股清香味，抬起軟弱的手臂一摸，覺得有一條樹枝似的東西，伸到他鼻子尖來，他拉了一下，枝條就連根拔起，完完整整的就像一個四肢齊全的人的身體。他正餓得快要死去，立刻推醒哥哥，兩人就把這個草根分食了。沒想到一吃下去，馬上感到四肢和全身都溫暖起來，精神立刻恢復了，眼睛也亮了。他們就向天空拜了幾拜，認為是神仙來救他們，賜給他們的仙草。

天氣轉晴以後，他們就尋路回家，還在大枯樹邊再掘了幾個草根回來，告訴全村的人，就是這種不知名的草根救了他們的生命。村人都嘖嘖稱奇，說是神仙所賜的參，因為形狀像人，就稱之為人參。

想起幼年時，父親的好友，常常送他最好的人參。父親打開閃閃發光的講究鐵盒子，湊在鼻子尖上聞聞再聞聞，連聲讚美「好香啊」。母親總是一早起來，燉一盞參湯紅棗加冰糖給父親滋補。連燉兩次以後，第三道湯才由她自己喝，再把參渣統統吃了。把泡得脹脹的淡而無味的紅棗塞在我嘴裡，說吃了讀書會聰明，記性會好。我抱怨母親小氣，為什麼不給我吃參渣。母親說：小孩子吃了人參會流鼻血的。

想想看，那個時代，認為燉過三道的人參渣，小孩吃了都會流鼻血，該有多補啊！

現在各種維他命丸，不一而足，人們一早起就吞上幾粒，甚至一大把，就覺得精神大振，百病消除。哥大的夏志清教授，每次見到時都勸人多服維他命丸，早晚都要服。他說自己能如此紅光滿面，工作效力倍增，就是因為長期服維他命丸。你如勸他喝參湯，他準會說：「你發瘋呀，神經病。」（這是他對別人意見不贊成的口頭禪。）猜想他是絕對不會相信人參的功能的。

人參的滋補，是大家都承認的。但說實在的，人參對延年益壽究竟有多大功效，應當如何服用，好像至今還沒有一篇科學的權威性專論。何況，忙碌的人們，哪有時間把人參細細切了燉湯來喝？吞幾粒維他命丸，多方便省事啊！

——原載民國七十八年二月二十二日《華副》

輯二　藝文之樂

文人與書生

涵碧在信中提到文人與書生的不同。她說：「一般人都把文人與書生混爲一談，讚美滿腹詩書、性格又有點突出的人，爲有文人氣質，或書生本色。其實只有書生才有本色，文人實在說不上什麼本色。」

我非常同意她的看法。書生是眞正的讀書人，沉潛、謙沖、虛懷若谷，彬彬君子。而文人只是舞文弄墨，或黨同伐異，自我標榜。或譁眾取寵，亂人耳目。書生有所爲，有所不爲，而文人可以無所不爲。吾人常嘆「文人無行」，卻沒說書生無行，倒有讚書生骨氣的。

讀書著述，要做文人或做書生，只在一念之間，差以毫釐，謬以千里。晉代的陶淵明是書生，竹林七賢只能算文人，因爲他們標新立異，偏激、癲狂（不是狂狷），自鳴清高，傲慢造作。司馬光、范仲淹、歐陽修、蘇氏父子，是大儒，也永不變其書生本色。他們都有高瞻遠矚的政治識見，與憂國憂民的偉大襟懷。儘管彼此間有不同的主見，但都是大公無私的論辯而非攻訐。蘇老泉在歐陽修家中，見到王安石，說他「囚首垢面而談詩書，亂天下蒼生者，必此人也」，是因爲王安石的衣冠不整，不修邊幅，生怕他「一身之不治，何以天下國家爲」，也並非對他的人身攻擊。王安石當政以後，變法失敗，固然是由於保守派的阻力，一半也是由於他剛愎自用，無知人之明。可見他仍是一半文人，一半書生，沒有把五車的書全部讀通之故。

蘇東坡儘管在政治上受了許多攻擊，卻能坦然處之，對於王安石仍懷有無限故人之情。王安石退位後臥病金陵，東坡去探望他，王安石心感之餘，倒很想東坡能與他比鄰而居。東坡作了一首詩答謝他的美意：

> 騎驢渺渺入荒煙，想見先生未病時。
> 勸我試謀三畝宅，從君已覺十年遲。

「從君已覺十年遲」，是多麼深沉的感慨。想當年先生未病之時，叱吒風雲之日，東坡卻遠謫瓊州瘴癘之地。他給弟弟子由的詩中，還豁達地說：「他年誰作輿地志，海南萬里眞吾鄉。」

比起韓愈被貶謫時的愁苦萬狀，嘆「馬後桃花馬前雪，出關哪得不回頭」，心境開闊高遠得太多了。

因此我覺得蘇東坡眞有歷久彌堅的書生本色，難怪他的知友佛印和尚讚美他「胸中有萬斛書，筆下無一點塵」。

修煉到「筆下無一點塵」的境地，豈是容易的？所以文人與書生是有差別的，是不可同日而語的。

——原載民國七十六年五月二十二日《世界日報》

恩師的誨諭

數十年來，每於伏案寫作之時，總會想起當年恩師夏承燾先生的許多誨諭，心頭感到十分的踏實溫暖，也有助於我寫作的靈感，願記其一二，與同好共享：

恩師說：一個有自信心的作者，必須也是一個虛心的讀者。作者愛惜自己的文章，讀者愛惜別人的文章。能愛別人文章，自己胸襟就會開闊，文章境界也隨之提升。

他自己不寫新文藝的語體文，卻非常喜歡讀。每讀到一篇好文章，必定遍告諸生，用他濃重的鄉音說：「奶（你）們快快讀，寫作的靈感是讀別人文章讀出來的。」他常常愛說的「年來書外有工夫」，大概就是指這方面的感受吧！

最使我深思的是恩師有幾句話：「文章要以心寫，不是只用腦寫。從心裡寫出來的，才見眞性情，用腦子寫出來的，只偏重文字技巧。與其文勝質，寧可質勝文。」無論是理論文章或抒情文章，他都重視一個「誠」字。抱持一顆「誠心」而寫，雖不中亦不遠矣。

他認爲「心靈」與「智慧」是兩回事，智慧有高低之分，而心靈是人人相通的。只要是從心靈裡流瀉出來的文章，必然能引起人的共鳴。

關於文章的繁簡，恩師作了個有趣的比喻。他說譬如泡茶，茶葉的多少要恰到好處，喝起來才清心可口。太濃了苦澀，太淡了乏味。會品茶的人，是品味每口水裡茶的清香，而不是嚼茶葉。所以茶葉不能太多，如同寫文章不能把太多的材料擠在一起。濃得化不開，讀者就只嘗到茶葉的苦澀，而品味不到茶水的清香了。

——原載民國七十六年五月二十九日《華副》

讀詩的聯想

詩與散文不同。詩是點，散文是線。詩是語言中最精美的，細膩、深邃、含蓄。詩能言散文之所不能言，但又不欲道盡散文之所能言。只讓你隨著詩人的想像，詩人的哀樂，輾轉迂迴而自得之。

人在急躁中不能讀詩，在憤怒中不能讀詩，在憂傷中不能讀詩，必須是心情平靜如一泓清澈的潭水時，才能領略詩中妙趣、逸趣、情趣甚至是理趣。

關於讀詩對心靈上的感受，余光中先生作過一個比喻，他說：「讀者讀詩好比賞花，學者讀詩好比採花，詩人讀詩好比採蜜。」比得相當恰切。這是講讀詩者的身分、修養不同，而心情各異。讀者對詩無所偏愛，無所選擇，只輕鬆地閱讀或吟唱，有如面對滿園萬紫千紅無不讚賞。而學者是以研究批評眼光讀詩，正如要看到自己眞正喜愛的花才採。而詩人呢？心思細密，在詩中必須領會其精華所在，好比連花本身都不能滿足，必須是由花釀成的蜜，才夠他的品味。

余先生還做了個更有趣的比喻。他認爲「讀者讀詩如初戀，學者讀詩如選美，詩人讀詩如娶妻。」比得更爲切實，生活化，仔細體味，令人莞爾。

一個人在初戀時往往一見鍾情，無所選擇的盲戀，也許終身以之，也許一朝棄之。胸無成竹的一般讀者讀詩正是如此，早期極愛的詩，也許以後讀得多了，覺得以前所愛的不值一顧了。這無關於詩的好壞，只是讀者自己心情的轉變。學者則是純以冷靜客觀態度分析詩，有如評判員選美，有其客觀尺度條件，不爲耀眼的表面美麗所迷亂。而詩人是痴的、任性的、死心眼兒的，愛一首詩永誌不忘，也像愛一個人，要娶她爲妻，終生相伴。

由於讀詩，想到做學問，豈不也是如此。這三種人的讀詩心態，可比作一個人作學問的三個階段。第一階段是無所選擇地博覽群書。讀多了以後，心中自然培養起識辨力，要選自己興趣接近的，或是與自己所研究有關的書來看，看的多了、選擇的多了、吸收的多了，就漸漸融會貫通，產生了自己的創見。寫出自己的心得文章，這不就是由賞花而採花而釀蜜嗎？由初戀而愼重選擇而成家立業嗎？

張心齋比喻一個人讀書的三種境界說：「少年讀書如隙中窺月，中年讀書如庭中賞月，老年讀書如台上望月」比得何等空靈。隙中窺月有一份神祕感，正是少年人的好奇心。庭中賞月則胸襟開闊，悠然自得。到了台上望月的境界，則已是超越於塵埃之外的化境了。

——民國七十六年六月十七日

六十分

最近讀到一篇文章，作者是從事教學與青少年輔導工作的老師。他勸世間父母對子女，師長對學生，在課業上的要求千萬不可太嚴。要緊的是對他們成長中身心健康的關注，多體諒，少責罰；多親近，少訓話。他從國中教到高中、高職，從沒有記過學生一次過。使我非常感動。

回想我自己在初中時，最怕的是時常斥責我不會投球不會跑步的體育老師；罵我不會彈琴、不會唱歌的音樂老師，他們使我感到自己的低能。全賴慈愛的英文老師與級任導師，恢復我的信心與自尊心。

記得我初一上學期的英文成績常常只有三、四十分，老師仔細改了我的錯誤，卻從來沒有責備我。有一次居然得了六十分，老師在發還考卷時，特別喊我的名字，讚許我進步很多了。我羞得把頭低下去，心中卻萬分感謝老師的鼓勵。從那以後，我漸漸進步到七十分、八十分，甚至九十分以上。但我心中常懷謙卑之念，因爲我永遠記得，我是從三十分、四十分漸漸進步上來的，六十分是我第一次的榮譽分數。老師曾教我們一句很普通的美國格言說To love one is to give him room enough to grow，她耐心又寬容，使我們在她的愛裡，一天天長大、懂事，邁向正確的人生前程。

自我也爲人師以後，總時時以恩師的教導爲念，在大陸時，我從小學五年級教到初中、高中，也從未記過學生一次過。直到今天，還有當年我班上初中的學生，如今已是大學教授的，從異國寄來書信與照片，對我說：「老師，我好想念你。」這一份安慰是無可名狀的，我內心感謝的仍是啓迪我薰陶我的老師，與慈愛的雙親。

紀伯倫有一段勸爲人父母的話說：

孩子們來自你的身體，但是並不屬於你。你可以給他們愛，但不能塑造他們的思想，你有若弓弦，給予拔張待發的箭頭一個穩定的基地。讓他們的張力彎曲著你的弓弦。他們雖然飛翔了，也將永遠愛著那使他們產生力量的弓弦。

眞是哲人的至理名言，做父母的，做老師的，都値得深深體味。

《聖經》上也有幾句箴言說：

小提琴的琴弦如不拉緊，就奏不出音樂來。但神並不把我們的心弦拉得太緊，祂知道怎樣才能奏出美妙的音調來。

為人父母、為人師者，在心中都會有一位自我控制的神。指示引導我們化惱怒、緊張為安詳慈愛。能如此，孩子們就有福了，因為他們只有一個童年。

所以，讓我們也從六十分做起吧！

——原載民國七十六年八月一日《婦友》

中年讀書

最近收到一位好友女兒的信，暢談她於百忙中擠出時間讀書的快樂。她說：中年讀書，感覺上和少年時代讀書完全不同。現在讀書不但能深入的欣賞，也懂得以自身生活揉合在一起來體驗。讀到會心之處，眞個是樂以忘憂，好似與作者促膝談心，握手言歡。她只恨時間太少，不能反覆咀嚼。

我覺得像她這樣一位有三個孩子又兼一份沉重工作的職業婦女與母親，能每天讀書又深入思考的，實在不多。她不但有系統地讀中外名著，還瀏覽國內各種報刊，遇到我們彼此都有興趣的文章，就在通信或電話中共討論，樂也無窮。

她還選修了一年西洋文選，體會每本名著的特色，對於卡夫卡的《變形蟲》，認爲是想像之極致，也可看出二十世紀許多作品與科幻小說，都深受其影響。她問我中國舊文學中富幻想的小說有些什麼？我只想到《鏡花緣》、《西遊記》與《聊齋》。我自己比較喜歡《聊齋》，不僅是那些人鬼的戀情，道盡了人世的蒼涼，而作者對人情世態諷刺的冷筆，尤引人深思。

這位朋友求知慾非常強，永遠有「學如不及」的遺憾，套句現代語，眞是時時在求「自我突破」，古語就是「苟日新，日日新，又日新。」暑假裡，她去學攝影，七星期的課，每週三天，每天三小時，她自況為「拚命三郎」，可是發現自己的攝影作品總有一份「朦朧之美」，原來是三年來未驗光的近視眼鏡度數已不對，近視減低，開始老花遠視了。

這就是她中年讀書之樂。我眞是深為她求知的精神所感動。說來慚愧，她還稱我一聲「老師」，因為三十多年前，她曾經一度是我的私「塾」學生。一個十五歲的小姑娘，每星期兩個晚上，揹著沉重的書包，帶著兩個弟弟，一同到我家來讀古文。在我那間透風漏雨的違章建築裡，對著那三張純眞樸實又聰穎的臉，我不知道自己的講解能對他們有多少啓發。但他們對我的信賴，和給我的溫暖，至今時時在心。也由於他們對讀古書的誠懇態度，濃厚興趣，引發我願於法院工作之餘，再兼一份教職的念頭。

時光怎麼如此快就飛逝了。他們姊弟三人，自高中而大學而出國深造而成家立業。如今這個揹書包的小女孩，竟也已入中年。而且鍥而不舍地在讀書，在深深體會

「中年讀書」之樂。

而我呢？年已古稀，應該是第二個讀書歷程的開始了。可是看看這位年輕的學生，不免爲自己的懶散感到慚愧。張心齋說：「中年讀書如庭中賞月，老年讀書如台上望月。」我卻不知道能否有這份毅力與智慧，登上高台，一賞澄明清澈的月色，予心靈以忘我的啓示呢！

——原載民國七十六年九月《婦友》

字典的故事

抗戰期間，我在一處非常偏僻的山區避日寇。那兒有個鄉村中學，我時常散步去學校的小小圖書室借書看，因而與老師們都談得很投緣。

有一位教初三英文的老師鄭先生，性格爽朗，言語風趣。他是浙東人，一口的藍青官話，官話裡卻喜歡夾英文單字。居然是字正腔圓的英國音，還笑我的美國發音不夠「文化」。

在民國三十二、三年時代，說話裡夾英文字的時髦作風，還是很少的。我起先聽起來很不習慣，與他熟了以後，就問他是什麼大學畢業的。他得意地說：「英國牛津大學。」接著又哈哈大笑說：「我的意思是，我苦學英文，完全靠一部早年父親從英國帶回的《牛津字典》，自修出來的。在山區教中學，只要程度夠，好好地教，暫時不計較學資歷的，所以我就自封為牛津大學文學士。」

他帶我到他的工作室裡，看他案頭那部翻爛了再用牛皮紙層層修補的牛津字典。他風趣地對我說：「我的財產只有三樣：就是這部字典，一個保暖四小時的舊熱水瓶，和一隻每天報時毫釐不差的大公雞。」正說著，他的大公雞就昂首闊步而至，在他腳背上啄了一下表示親熱。他拍拍牠的背說：「出去玩吧，別在屋裡拉屎，有客人喲！」大公雞聽懂了，走到我面前，歪著頭用烏雞眼盯著我看半天，煞是可愛。

鄭先生一本正經地對我講他如何苦學英文，無師自通的經過：逃難中，身邊一無所有，飢寒凍餒在所不計，可是這部字典，必定像寶貝似的捧在手裡，放在枕邊，形影不離。逃空襲警報時，袋子裡裝的是字典。躲在山洞口，耳朵裡聽敵機隆隆之聲，手中翻著字典，嘴裡喃喃地背生字，背解釋，背例句。一部字典，從頭到尾，一字不漏地挨著次序背。背著背著，就豁然貫通起來。漸漸地就能說、能造句、能作文。讀英文原著更不必說。他叫我隨便翻開一頁，點一個艱深的字問他，他竟如流水般地背解釋給我聽，聽得我都呆了。他那一股專注、堅定、鍥而不舍的精神，眞正令人欽佩萬萬分。

那時後方出版物貧乏，工具書難求，而這位鄭先生卻就賴一部字典，把英文讀通了。可見做學問是聰明智慧一半，毅力一半。若只是好高鶩遠，貪多嚼不爛，而不能集中精力讀完一部書，看去雖有豐富常識，究竟是浮面的。

記得當年恩師曾勉勵我們說：「案頭書要少，心頭書要多，這是古人的誨諭。」意思是說，書一本本地用心讀了，消化了，吸收了，都儲藏在心頭，案頭書自然就不必堆得太多了。

今天已進步到電腦資訊時代，一切供研究的資料，都可輸入電腦，由它代勞，案頭書自然也不必多了。但我擔心的是，依賴了電腦，人腦是否會愈來愈懶惰？漸漸地電腦可以幫你吟詩作賦，電腦可以陪你下棋散步。到那時，莫說案頭不必有書，連心頭也不必有書了。

我不禁想念起那位背《牛津字典》的鄭先生，他如仍健在的話，是否要大嘆自己當年背字典的枉費功夫呢？

——原載民國七十六年十月二十二日《中央日報・國際版》

悲劇與慘劇

最近一位年輕的朋友給我來信說：「我喜歡讀小說，但只喜歡讀悲劇，不喜歡讀慘劇。因爲悲與慘不同，悲能引人深思，慘只是叫人絕望。」

這話很對。悲雖痛到心底，但痛定思痛之後，會萌起一絲溫厚的寬容，從寬容中產生希望，從希望中體會到生命的價值與意義。因爲在悲劇中沒有仇恨與殘殺，只有容忍與犧牲。

而慘劇呢！我認爲恰巧相反，它總是盡量挑起彼此的仇恨，盡量暴露人性的醜惡面。明明可以獲得圓滿結局的事，卻要故意搞得天下大亂。把一個個角色置之死地而後快，把讀者的心刺得出血而後快。

我不願虐待自己，所以也不忍看慘劇性的小說。

但我們不能掩耳盜鈴，因爲人世間原不僅充滿悲劇，還有更多的是慘劇。如大陸的十年大動亂和最近天安門前中共政府軍的盲目掃射同胞們阻止愛國運動。如多年前美洲蓋阿拿叢林異教信徒的集體自殺，如打得難解難分永無結束的兩伊戰爭，如南中國海越南難民的逃亡而死，如中外社會上經常發生的弒父殺夫、搶劫、分屍等等，哪一件不是慘絕人寰，令人不寒而慄？我們能像鴕鳥似的，視而不見，聽而不聞的逃避嗎？面對這些慘劇，只有無奈地悲嘆嗎？

在這種矛盾的心情下，除了祈求上蒼，多懷好生之德外，一個從事寫作的人，更當本著文學良知，多多寫發揚人性善良面，人生光明面的文章，期能力挽狂瀾，化社會的戾氣爲祥和。即使描繪慘劇與黑暗面到了入木三分，其用心應當只爲喚起人類的同情心、愛心。這才是滿懷悲憫，這才是寫慘劇與寫悲劇筆觸上的區別。

時至今日，我國的文學思潮深受西方文學各種不同派別的衝擊，於是一知半解、東施效顰者有之，標新立異、譁眾取寵者有之，菲薄中國傳統文化美德、文學精粹而一味崇洋者有之。文壇顯得一片紊亂與怪異，這是誰之過呢？我眞有點茫然。

有一次，一位美國朋友爽直地對我說：「你的作品，怎麼總是這樣溫溫的，人性哪有這麼善良？這種容忍的結局太不公平了，我不歡喜，要『狠』呀，寫得狠一點。」

我無言以對。因爲我狠不起來，我也不願跟在時髦作家「後面」學狠，我有我的文學主張，我寫的是悲劇不是慘劇。

——原載民國七十六年十一月二十五日《華副》

謝師宴
——又一則字典的故事

一位好友，對我講了自己一段努力奮鬥的歷程，可說又是一則字典的故事。

大陸戰亂期間，他是流亡學生，隨著軍隊一路轉進到越南，集體住在富國島。每個人都是身外無長物，可是每個人都抱持著堅強的鬥志，不移的信心。他們和軍隊的連排長們一同伐木紮營。女同學主持炊事，男同學砍柴挑水，清潔環境，軍民同甘共苦，親如手足。

唯一的遺憾是沒有報紙可看，沒有書可讀。可是他是個勤奮之人，每分每秒都不願浪費，因此感到很苦悶。有一天，看到一位同學把一本《英漢四用字典》從布袋裡取出，丟在一邊，他連忙問他：「你不用嗎？」他說：「我不要用，送給你吧。」一本字典，在那位同學如釋重負，對他卻如獲至寶。在這個人煙稀少的荒島上，它成了他最最親密知己的伴侶。

於是他夜以繼日，焚膏繼晷地專心讀字典，從第一頁讀到最後一頁，從第一個字背到最後一個字。背得滾瓜爛熟，背得心領神會。就是這本字典，陪伴他度過苦難歲月，啓發了他讀書研究的興趣，奠定了他英文的基礎。直到政府把他們從富國島接運到台灣，生活安定了，他就憑用功讀字典的心得，考取了台大外文系。從做學生以及畢業後任助教時期，協助趙麗蓮博士編註《學生英語文摘》，不用說，在英文文學的領悟上，更上層樓。不久他考取公費獎學金，來美專攻英國議會史與倫敦市發展史，獲得學位。現在他是美國一所名大學的名教授。曾應邀赴英，爲客座教授，並曾數度應邀返國任政大客座教授。

回台期間，有一次，他遇到當年在富國島共患難的同學。同學請他吃飯，班荊道故，談起舊事，談起他無意中送給他的字典，充實了他艱苦的歲月，決定了他治學的方向，最後他對同學說：「這頓飯由我請客。」同學說：「哪有這道理？是我歡迎你回國呀！」他幽默地說：「不，一定要由我請，因爲這是我對你的謝師宴，若不是你慷慨地贈我一本英漢四用字典，我哪有今日。」朋友聽了，不由拊掌大笑。

這都是這位朋友親口告訴我的故事，這位朋友是劉岱教授，去年曾再度應邀返國，任政大客座教授一年。他自己認爲，他的發心起步，是得感謝那本《英漢四用字典》的。

——原載民國七十六年十二月十四日《台灣日報》

淚珠與珍珠

我讀高一時的英文課本，是奧爾珂德的《小婦人》，讀到其中馬區夫人對女兒們說的兩句話：「眼因流多淚水而愈益清明，心因飽經憂患而愈益溫厚。」全班同學都讀了又讀，感到有無限啓示。其實，我們那時的少女情懷，並未能體會什麼是憂患，只是喜愛文學句子本身的美。

又有一次，讀謝冰心的散文，非常欣賞「雨後的青山，好像淚洗過的良心。」覺得她的比喻實在清新鮮活。記得國文老師還特別加以解說：「雨後的青山是有顏色、有形象的，而良心是摸不著、看不見的。聰明的作者，卻拿抽象的良心，來比擬具象的青山，眞是妙極了。」經他一點醒，我們就盡量在詩詞中找具象與抽象對比的例子，覺得非常有趣，也覺得在作文的描寫方面，多了一層領悟。

不知愁的少女，最喜歡的總是寫淚與愁的詩。有一次看到白居易新樂府中的詩句：「莫染紅素絲，徒誇好顏色。我有雙淚珠，知君穿不得。莫近烘爐火，炎氣徒相逼。我有鬢邊霜，知君消不得。」大家都喜歡得顛來倒去地背。老師說：「白居易固然比喻得很巧妙，卻不及杜甫有四句詩，既寫實，卻更深刻沉痛，境界尤高。那就是：莫自使眼枯，收汝淚縱橫。眼枯即見骨，天地總無情。」

他又問我們：「眼淚是滾滾而下的，怎麼會橫流呢？」我搶先地回答：「因爲老人的臉上滿布皺紋，所以淚水就沿著皺紋橫流起來，是描寫淚多的意思。」大家聽了都笑，老師也頷首微笑說：「你懂得就好。但多少人能體會老淚橫流的悲傷呢？」

人生必於憂患備嘗之餘，才能體會杜老「眼枯見骨」的哀痛。如今海峽兩岸政策開放。在返鄉探親熱潮中，能得骨肉團聚，相擁而哭，任老淚橫流，一抒數十年闊別的鬱結，已算萬幸。恐怕更傷心的是家園荒蕪，廬墓難尋，鄉鄰們一個個塵滿面，鬢如霜。那才要嘆「未老莫還鄉，還鄉須斷腸。」這也就是探親文學中，爲何有那麼多眼淚吧。

說起「眼枯」，一半也是老年人的生理現象。一向自詡「男兒有淚不輕彈」的外子，現在也得向眼科醫生那兒借助於「人造淚」以滋潤乾燥的眼球。欲思老淚橫流而不可得，眞是可悲。

記得兒子幼年時，我常常爲他的冥頑不靈氣得掉眼淚。兒子還奇怪地問：「媽媽，你爲什麼哭呀？」他爸爸說：「媽媽不是哭，是一粒沙子掉進她眼睛裡，一定要用淚水把沙子沖出來。」孩子傻楞楞地摸摸我滿是淚痕的臉，他哪裡知道，他就是那一粒沙子呢？

想想自己幼年時的淘氣搗蛋，又何嘗不是母親眼中催淚的沙子呢？沙子進入眼睛，非要淚水才能把它沖洗出來，難怪奧爾珂德說：「眼因流多淚水而愈益清明」了。

記得有兩句詩說：「玫瑰花瓣上顫抖的露珠，是天使的眼淚嗎？」想像得很美。然而我還是最愛阿拉伯詩人所編的故事：「天使的眼淚，落入正在張殼賞月的牡蠣體內，變成一粒珍珠。」其實是牡蠣爲了努力排除體內的沙子，分泌液體，將沙子包圍起來，反而形成一粒圓潤的珍珠。可見生命在奮鬥歷程中，是多麼艱苦？這一粒珍珠，又未始不是牡蠣的淚珠呢？

最近聽一位畫家介紹嶺南畫派的一張名畫，是一尊流淚的觀音，坐在深山岩石上。他解說因慈悲的觀音，願爲世人負擔所有的痛苦與罪孽，所以她一直流著眼淚。眼淚不爲一己的悲痛而是爲芸芸衆生而流，佛的慈悲眞不能不令人流下感激的淚。

基督徒在虔誠祈禱時，想到耶穌爲背負人間罪惡，釘死在十字架上，滴血而死的情景，信徒們常常感激得涕淚交流。那時，他們滿懷感恩的心，是最最純潔眞摯的。這也就是奧爾珂德說的：「眼因流多淚水而愈益清明」的境界吧！

——原載民國七十七年六月二十二日《世界日報》

至美的心靈

最近收到周芬伶的散文集書名《絕美》。我正感冒不適，讀此書病亦霍然，因爲我深深感受到作者所傳遞的那份美。

隨意翻到〈寫信給母親〉一文，邊看邊歎賞。禁不住拿起紅筆圈圈點點。讀好文章眞是無上的心靈享受。

作者行雲流水之筆，於自然疏淡中見眞情。她寫母親的樸實，對子女愛的教導，極爲傳神感人。例如寫外祖父母的不睦，寫外祖母與母親隔著籬笆邊喊話邊扔銅板，令人潸然淚下。

她寫母親信中言語，如聞其聲。不必寫母親如何愛兒女，一切盡在不言中，這就是至情至性好文章。

她說：「給母親寫信盡量樸素，唯有樸素，才能表達更眞摯的感情。」一點不錯，不但給母親寫信當如此，寫文章也要盡量樸素。樸素並非沒有技巧，並非粗疏不文。相反地，樸素是厚實的基本，就是一個人眞摯的感情，溫厚的心靈，再融以千錘百鍊的功力，乃能以此三者駕馭技巧，而不致以文勝質。孔子說：「繪事後素」，就是主張雕繪之事，當後於素，當以樸素爲基本。

所以單就寫信給母親一文看來，芬伶頗能有限度地運用技巧，而於樸質中見才情。

文中有非常感人的啓示，就是：「母親教我握筆時要心誠意正。」相信作者是會牢牢記得慈母的誨諭的。

文末她說：「最誠實簡樸的句子，要留給母親。最純潔善良的心境，要還給母親。」多麼能上體親心啊！

相信這位慈愛的，懷著寬闊胸襟的母親，一定更願她的女兒，將這份誠實樸素，純眞善良，同樣地也還給人間吧！

——原載民國七十七年八月十八日《華副》

眼高手也高

同許多讀者朋友談寫作時，大家最喜歡說的一句口頭話，就是「眼高手低」。認爲自己有相當高的欣賞力，但一到提筆爲文時，就深感筆不從心。幾經挫折以後，乾脆放棄寫作，只做個欣賞者了。

「眼高手低」這四個字是非常誤人的。多少已引發的靈感被打消了，多少可能產生的好文章煙消雲散了。都只因「眼高手低」的自我調侃，因而漸漸失去了創作的興趣與信心。

其實，鑑賞與創作二者是相互激發而不可分的。有了高水準的鑑賞力，自然會引發滿腔創作的熱忱。而就心靈活動方面來說，鑑賞與創作是應該在同一個水準上的。記得俞平伯先生曾說過一句話：「能鑑賞就能創作，因爲你已經同作者的心靈相通，和他在一個水準上了。」（大意如此）這是一句對青年朋友極富鼓勵性的話。我也認爲，只欣賞而不創作是懶惰。「眼高手低」不是自謙，而是懶惰的藉口。培養了欣賞力，同時也必定促進了創作力。

當然啦，古今中外的名著，都是作者經過千錘百鍊的精品。要想自己的作品，能一下子達到那樣的水準，是不切實際的妄想。莫泊桑說：「天才是由於恆久的努力。」寫作的才情是由於磨練而一點一滴累積起來的。勤於讀，勤於體認，勤於寫，筆自然能從心，眼高手也自然地高了。

大學時，恩師啓發我們欣賞《史記》。常驚異於司馬遷何以能將距離他那麼久遠的人物刻畫得絲絲入扣。恩師說「作者的成功，一半是靠資料，一半是靠想像力與創造力。所以他能『究天人之際，通古今之變，成一家之言。』而想像力與創造力也是由培養而來。你如有鑑賞力，就有了同等的想像力和一半的創造力了。」恩師的話誘導我走上寫作之路。

恩師又用析字法解釋一個「笨」字，說「笨」字從「竹」從「本」，竹就是書冊，表示讀書是人的基本。愈是笨人，愈要用功讀書。他謙虛地說自己很笨，所以一生讀書不輟。恩師的教誨時時在心。所以在讀書與寫作方面，一直兢兢然未敢稍懈，期能向著「眼高手也高」的方向努力。

——原載民國七十七年九月二十一日《華副》

以「友」會「文」

以文會友，原是人生樂事。可是忙碌的現代人，莫說以文會友，就是以「信」會友都難呢！

回想在台北時，一月一次參加文友的慶生會，總算是名副其實的「以文會友」了吧。但因基本成員有的老成退位，有的旅居國外未歸，未免有風流雲散之感。幸得新文友日增，有時倒也濟濟一堂，十分「茂盛」。只是每次到場人數不定，有的因事忙數月未見芳蹤，有的蜻蜓點水，倏然而逝。有的相逢不相識，有的一見「不」如故。大家握手如儀之後，便「枉顧左右而言他」，並非不誠意，實在是會場鬧轟轟一片，說話都得提高半個音階，團團轉忙不過來。每人急匆匆向召集人交了餐費，就坐下來埋頭苦吃。前後左右是誰都記不大清楚，餐後便一哄而散。如此情態，何來以文會友？只能說是以錢聚餐而已。

如今我身在國外，卻又非常懷念那個鬧轟轟的場景，尤其是幾位性情投契的朋友，儘管音問鮮通，卻令我魂牽夢縈。偶然在報上讀到她們的文章，知道她們的生活情況與所思所感，才眞感到「以文會友」之樂。何況文逢知己，絕不致話不投機。如此也可說得是快慰平生了。

由於讀好友文章，而思念朋友，因而想到，「以文會友」一言，倒不如說是以友會文，更爲貼切。因爲在美國，文友都散居各地，電話費昂貴，要抓廉價時間通個電話都不容易。想見面當然更難。遠在國內的朋友，尤不必說了。因此，只要報刊上文章是好友寫的，立刻一口氣看完，便覺快如覿面。其他不相識作家的文章，由於時間有限，目力也要保養，只好剪存下來，留待有空檔時間再看了。這樣的情形之下，我就稱之爲「以友會文」。因見朋友文章才先讀，有如促膝談心，格外有一份親切感。

在國內時就更痛快了，讀了文章，馬上撥電話向她報告心得感想，談上一小時也無所謂，哪像在此電話時間以分秒計算金錢呢？儘管如此，我的電話費還是我個人每月支出最大的一筆。到底友誼值千金啊！

「以文會友」也好，「以友會文」也好，從事寫作的人，可貴的是這一份書生氣質。無論如何，也不至於群居終日，言不及義吧！

——原載民國七十六年二月十日《世界日報》

學畫的故事

一直動念想學畫以娛老境，而苦於社區附近沒有步行可以到達的繪畫班，遠處雖有晚間的班級，卻必須依仗老伴開車送我去，看他下班回來已筋疲力竭，何忍再煩勞他呢？有一位畫家好友在她家附近教畫，她多次熱心地說親自來接我去再送我回來，那更是過意不去。每每抬頭欣賞壁間懸掛好友們的作品，那一份歆羨之情，油然不能自已，但學畫的心願，看來也只有臨淵羨魚的分兒了。

記得在台北畫廊觀賞時，遇到自己喜愛的畫，總像別有會心，似曾相識之感，也立刻興起學畫的念頭。有一次遇到張佛千先生，與他談起想學畫的事，他說：「自己畫就是了，何必跟人學呢？欣賞欣賞書法，練練字，看看大自然的花木山水，就拿起筆來畫，畫成什麼樣都沒關係，自己遣興嘛，又不是想當畫家。」他的話頗有道理。但我沒有這點自信心，就是動不了筆。想想畫畫也跟作詩一樣，「骨裡無詩莫浪吟」我是「骨裡無畫莫浪塗」。沒有這點天分，不必強求。

最近一連聽了幾位朋友學畫的故事，越發證實這話是不錯的。

有一位朋友，國畫已有相當基礎，她的興趣忽然轉向油畫。她生活優閒，就正式從師學油畫（油畫的技法一定是非從師不可）。她悟性高，不數月便大有進境，在電話裡興致勃勃地對我說，她的每張畫都受到老師大大的誇讚，她的信心大增，興趣更濃，靈感充沛到眠食無心的著迷程度，對自己的每一張傑作都愈看愈滿意。愛護她的夫婿更是從旁鼓勵。他也在電話中告訴我太太學畫的沉醉快樂，使他們夫妻感情越發和諧，家庭幸福大增。要我去觀賞他們琳琅滿室的畫，我希望她能送我一張，而且要越快越好，因爲等她成名以後，就不能請她送，要買卻又買不起了，她哈哈大笑。

他們的那份快樂也感染了我，我彷彿已在他們家的畫廊，觀賞她的傑作了。

日前外子聽一位朋友暢談他學畫的事。他是新聞界老前輩，一手好文章不用說，書畫也有相當深的修養。因退休後閒來無事，就去學西畫。以他的深厚基礎與高度智慧，想來在學習的領悟中，一定是樂趣無窮的。沒想他竟在中途忽然放棄了。

原因是有一天他看到坐在他邊上一位大約十七、八歲的少女，那一枝揮灑自如的彩筆，簡直是神出鬼沒，剎那間，展現在他眼前的一幅素描，竟然驚得他目瞪口呆。他捫心自問，自己年逾花甲，比她大了好幾倍的年齡，要想達到她的境界恐已不可能，還學什麼呢？於是他就「急流勇退」了。

這位朋友的言談與文章都是極富幽默感的，相信他的放棄學畫，也是幽自己一默吧！他說畢卡索才十幾歲，有一天隨意畫了一雙靴子，就被所有的畫家驚歎爲天才，以後再也沒有第二人能畫出同樣傳神的一雙靴子，可見藝術天才之難求。

但話又說回來，學畫並不求成畫家，只爲陶冶性情，消愁解悶，在練習過程中，也自有無窮樂趣。就算把老虎畫成一隻狗，又有什麼不好呢？

因此，我對於學畫，仍舊是躍躍欲試，也許有一天，我會把一條狗畫成一頭老虎，豈不更妙呢？

——原載民國七十六年二月二十五日《華副》

畫狗點睛

一位畫家朋友，除了精於山水、花卉、禽鳥之外，近年來更是別出心裁，以她深湛的國畫修養，融合了西方油畫、寫生的技法，將各種可愛小動物，畫在大小不同、形狀各異的圓卵石上，一個個神情姿態栩栩如生。

有一天，我在她畫室中參觀，看到那些小狗小貓小兔小猴子等，一隻隻都像要向你親暱地撲來。對著琳琅滿目的作品，我不由得羨慕地說：「你們畫家眞快樂，成竹在胸，隨便提筆一揮就是一張山水花卉，幾下一描就是一隻小貓咪，馬上就有一份成就感。不像我這個文思遲鈍的人，常常枯坐竟日，撕了多少張稿紙，卻寫不出一篇短文。」

她說：「不見得，你看到的是已經完成的作品，而創作的艱苦過程，只有自己知道。」

說著，她捧起一隻小狗給我看，問我：「你看牠的眼神如何？請你仔細地多看看。」

我仔細看那對眼睛，眞個是神采奕奕中，帶有一份悲憫、關懷與焦慮。我奇怪地問她，怎麼能畫出這麼一對眼神，是怎樣的一份靈感？

她嘆息地說：「你不能相信，這對眼神，我畫了無數次，總是畫不出我當時見到狗時的神情，因此灰心地把牠的眼睛塗去，把狗擺在一邊，足足地擺了三年，直到有一天，偶然的一個機會，我又看到同樣的一隻狗了，再仔細地對著牠凝視，牠也像好友似地定定地看著我。我像是撫摸到牠的心，接觸到牠慈愛的靈魂，這才一提筆，馬上把一對眼神畫出來了。」

我奇怪她爲什麼對一隻狗會有如此深的感受。她才告訴我：「這種狗，叫做聖伯納St. Bernard，是一種最最勇敢、靈敏而又仁慈的狗，牠的任務是在冰天雪地中救人，搜索到被壓在厚雪下的受難者，傾全力把雪扒開，待救護人員趕到，就把牠脖子下掛的一瓶酒給垂死之人灌下去，聖伯納就一直守候在旁。這樣的狗，當然不同於家庭中養尊處優的愛寵。牠焦急、關懷的眼神，是不容易畫得出來的。」

爲了畫一隻狗的眼睛，她足足琢磨了三年，眞不亞於古人作詩的「兩句三年得」。能說畫畫比寫文章容易嗎？

——民國七十六年三月

盼雪心情

每天早晚，他聽完氣象報告，總要學著報告員的調兒，對我重播一遍。我呢？似聽非聽，反正不外出，室外的風雨陰晴，與我無關。但是到了雪季來臨時，我就關心是不是會下雪了。不是怕雪，而是盼雪。他生氣地說：「你是黃鶴樓上看翻船，隔著窗兒在暖室裡賞雪景。也不想想一群群上班的人，與風雪搏鬥有多辛苦。」

說實在的，我這份愛雪成痴的心情，不是筆墨所能表達的。每回一聽氣象預報要下雪了，就開始盼望雪快快下來，下得愈大愈好。可是有時氣流變了，雪不來了，空盼一場，心頭就有一點失落感。

如果是星期假日遇上大雪，老伴不上班，可以閉門讀書、聽音樂、看電視、吃零食，講童年玩雪的故事，確實是南面王不易焉。

有一位朋友對我說，雪天心情寧靜，工作效力大增。她是畫家，我勸她憑窗寫雪景，必定可以神遊宇宙。她說雪景難畫，雪的沉靜與安詳，不是丹青所能傳達的。她在年輕時曾畫過一幅雪景，畫了一對翡翠鳥，在長青樹蔭深處躲雪，自認爲確實畫出了一對鳥兒相依相守的神情。那一幅畫早被愛雪者要去。如今年老，再不復有軟語溫存的心情，要畫，也只能畫出雪的一片寂靜。可見賞雪也如聽雨、看山一般，有少年、中年、老年玩味的不同。

她與我都念起那首膾炙人口的詩來：「有梅無雪不精神，有雪無詩俗了人。日暮詩成天又雪，與梅添作十分春。」我們以鄉音放聲吟唱，我嘆息「此處無梅花，我們都是俗客。」她說：「眼中無梅，胸中有梅便好。」我說：「好一個胸中有梅。」但我還是勸她畫一枝梅花以慰情吧！她笑笑說：「畫了皮相也畫不出那一副傲骨，還是把梅花永存胸中吧！」

大概作畫也像寫文章，有時覺得千言萬語，總寫不出心中最深刻的一點感受。難怪詩人也會嘆息，多少心中意，卻是「問到梅花總不知」了。

很多年前，我曾寫過一篇小說，題名〈梅花的蹤跡〉，以母校之江大學冬天的風雪梅花爲背景，編織了一則虛無縹緲的故事。梅湖邊上那個少女，撲朔迷離地從風雪中倏而來，忽而逝。使畫家於悵惘之餘，不能再作畫。乃於那幅少女倚著梅花的畫幅上，題了兩句詞：「紅與白，嬌難別，天涯影裡胭脂雪。」

這篇小說的靈感，是從《珍妮的畫像》而來。我在篇首借引了恩師的詞：「縞衣邀共折，素抱應同惜。猶有最高枝，無妨出手遲。」以襯托梅花的孤高風格。恩師已逝，此文成了永久紀念。我這個編故事的俗人，既不善吟詩，又不會寫梅，對著滿眼雪光，徒增棖觸而已。

——原載民國七十七年十二月《華副》

輯三　有情天地

願天下眷屬都是有情人

人人都知道「願天下有情人都成眷屬」之句，是月老對世人姻緣撮合的一片好心。石家興先生卻將此句顛倒修改一下，成爲「願天下眷屬都是有情人」，實在是含義十二分深長，愈念愈有情味。因爲「有情人」成眷屬不難，成了眷屬以後，要永遠保持「情人」心意，可不容易呢！

記得我們在大學畢業時，恩師賜贈我們同學，無論男女，同樣的對聯一副，那就是「要修到神仙眷屬，須做得柴米夫妻」。他說：「你們將來都要成家的，希望你們每位都有美滿家庭。所以現在先送你們每人一副對聯，記住這十四個字，深深體會，婚前不用說情深似海，婚後尤當義重如山。神仙眷屬是旖旎風光的理想，要使理想實現而持久，必須能過得同甘共苦的柴米夫妻生活。所以我認爲不是『貧賤夫妻百事哀』，而是『恩愛夫妻萬事諧』。」

恩師的一席話，是金玉良言。可是時至今日，少男少女的離合，已成司空見慣的尋常事。月前與名學人費景漢博士一同參加座談，他勸今天的父母，不必爲兒女婚姻擔憂操心，他們交友、試婚、同居、結婚、離婚，都由他們，不要拿中國的舊道德標準去衡量他們，更不必把這個包袱壓在自己心頭，徒然自苦。他說得淋漓痛快，我卻聽來如有所失。

中國的倫理道德觀念，固然有異於西方，在東西不同文化的衝擊之下，我們這些老一代的，身居海外，究竟是放棄舊道德觀念呢？還是盡全力維繫，以身作則，使下一代子女，多多少少能接受這種道德觀念呢？

因此我想起家興的巧思：「願天下眷屬都是有情人。」

凡事以理說服人甚難，以情動之較易。「有情人」是多麼可愛的三個字，西方人著迷，東方人也喜歡。但要維持永久的「有情人」，必須有足夠的耐力，與對婚姻道德的正確價值觀念。

我們的母親輩常嘆息：「一牀兒女，抵不得半牀夫。」「年少夫妻老來伴。」即使是「拌」嘴，也還是打不散、拆不散的老「伴」，所以讓我們再多多體會一下「願天下眷屬都是有情人」這句名言吧！

——原載民國七十六年一月十六日《華副》

「芬芳」的厄運

好友麗娜寄贈我一個香包。一拆封便聞到一縷芳香，心頭也頓感一陣溫暖。她信中說：「你仔細看看，香包裡的脫水花，和各種草葉，除了玫瑰花瓣以外，還有甘草、茴香、八角哩，可見中藥也很受西洋人歡迎，寄給你一包，也可慰你鄉愁。」

眞感謝她這份芬芳的友情。我對著這些花葉，倒想起在大學時代，常愛採集各種鮮花嫩葉夾置書中，日久脫水後，將它們排成圖案，配上玻璃框，也另有一番留春的情致。爲這些翠減紅消的花葉，我還作過一首詞，記得前半闋是：

縹囊也似藏春隝，紛紛斷紅無數。玉蕊斑斕，嬌姿瘦損，莫問春歸何處。寒窗夜雨，欲喚起春魂，與他同住。十載天涯，也應諳盡飄零苦。……

那時年輕，不免「賦新詞」「強說愁」，況又孤身負笈上海，更不免飄零之感。如今面對這一袋不再豔紅的花葉，仍保有雅淡芳香，乃深悟花草對人間的貢獻，無分盛開或謝落。莫說被收在香囊裡，即使墜落塵土，化作春泥，還是把芬芳傳給它新發芽的嬌枝嫩葉。

原來草木也與人一般懂得薪火相傳呢。

麗娜知我愛此芬芳，不數日又寄我香精一小瓶，告知我無妨滴幾滴在室內草葉上，可使芬芳瀰漫全室。我就滴幾滴在那株只長葉子不開花的曇花葉和一株茂盛翠綠的萬年青上。外子下班回來，高興地說：「眞有如入芝蘭之室。」

正得意呢，不到兩三天，我用噴壺噴水時卻發現滴過香精的曇花葉子已蜷曲枯黃，急忙將它齊根剪去。最慘的是萬年青，因我滴香精太接近頂端的中心，它竟然萎垂下來，莖部呈黑褐色，即將折斷。我慌了手腳，又不忍心將原是那麼壯健的頂端剪去，成了禿頭。只好用一根紅絲線將它挽住在另一根枝子上，再澆上清泉，希望命如游絲的嫩頂，能夠起死回生。奇怪的是以手指觸摸黑褐色之處，不但沒有腐爛惡臭，反而帶著比香精更清淡的芳香。黏在手指尖上久久不散。

我楞住了。奇妙的植物，它明明是拒絕了人工化學香料，對我這揠苗助長的愚蠢行為，提出嚴重抗議，居然從原本不香的葉根，且於垂垂欲絕之際，散發出異於尋常的清香，難道它是為了我對它的藐視，掙扎著表示它不可侵犯的尊嚴嗎？我愈看愈抱歉，愈不忍心它辛苦的掙扎。對它默默祝告，你可千萬不要斷，你要挺直起來，活下去，你本來深藏的香氣，一定會把這非我族類的氣味趕走的。

直到現在，我還不能確定它是否能度過我給它帶來的厄運，我想，嫩頂折斷墜落，新苗必將立刻上長，生機是永遠繼續下去的，因為生命比芳香更重要。

——原載民國七十六年元月二十八日《中國婦女》

世間燈

《聖經．哥林多後書》裡有一段話：「燈塔不會說話，但它的光照耀。燈塔不擊鼓亦不敲鐘，然而在遙遠的海面，船員們看見它可親的閃爍。」

反覆地念著這一段話，想起三十多年前我去台灣最南端的鵝鑾鼻參觀那座日夜亮著燈光的燈塔。感到閃爍的不止是燈，還有那位長年管理燈塔的中年人。

我問他：「大海茫茫，四顧無人，你不會感到寂寞嗎？」他笑笑說：「一點也不寂寞，一則是我愛清靜，二則是我覺得自己的心，由於燈塔放射的光，與海面的船隻緊緊聯繫在一起，一點也不孤單。」

他的話，給我很深的啓示。一個人若總是想到自己的處境，憐憫自己，就會有寂寞之感，若是將心開放出去，時刻關心別人，就不會感到寂寞了。

由於燈塔，使我想起佛經裡的「世間燈」。顧名思義，就可想像得到，世間燈一定是照顧人世的一盞明燈。此三字源出《華嚴經．普賢菩薩行願》：「……一切如來與菩薩，所有功德皆隨喜。十方所有世間燈，最初成就菩提者……」我起初不懂，一位虔誠信佛的朋友，特地爲我抄來南懷瑾先生的《普賢行願品講錄》中的解釋：「世間燈爲人天衆生眼目，給人智慧光明的明師。他們明澈的心燈，照亮了世間的黑暗。故良師益友就是世間燈。一個有智慧的人，可以傳佛的心燈，不使滅絕。但世間燈不只是指傳佛法的，凡是有用的學問，抱持著益世與服務之心的，都是世間燈。」

我一位知己同學的女兒，年紀輕輕的，虔誠信佛，她孝順父母，友愛兄長姊妹，永遠以忘我精神，爲全家負擔起沉重工作。她嫂嫂是位具高度智慧的賢德媳婦，她們姑嫂親如手足。做嫂嫂的告訴我：「四姑太好（她排行第四）我都要稱她四姑佛。四姑簡直是一盞世間燈。因爲她永遠抱持著一顆爲大家服務之心，她憂愁或快樂，都是因爲大家，她是沒有自己的。」

一位嫂嫂，對姑姑有如此深切的了解，深厚的感情，令人感動。嫂嫂也是虔誠信佛的，共同的信仰與美的心靈使她們愈加相契相知了。對著她們，我眞感到眼前一片光明，這正是世間燈的照耀吧！於是我也想起茫茫海上照明指引的燈塔，想起《聖經》中的話。佛教與基督教的最高境界，豈不是相通的嗎？

——原載民國七十七年二月《婦友》

「你看到過我嗎？」

在信箱裡，幾乎每天都要捧出一大堆印刷精美、推銷廉價品的廣告，美國人所謂的垃圾郵件。其中常常有一張像信封那麼大小的紙片，印著幾個醒目的黑體字：「你看到過我嗎？」（Have you seen me？）那是一張尋人啓事，黑體字下記明身高、體重、面貌、膚色、年齡……等等，希望如有仁人君子發現，請儘快通知家屬或警察機關。有的孩子已丟失好幾年，而父母仍在苦苦追尋，於是在啓事上加畫了想像中那孩子長大點以後的形貌。其用心之苦，思念兒女之切，可以想見。

我每次拿起這些啓事時，總是呆呆地看上好半天，想像著丟失孩子的父母，是在怎樣憂焦中度日。人海茫茫，教人從何處去找尋。是否能由於這樣的方式，眞個發現了孩子，得以合浦珠還呢？恐怕太渺茫吧！

這樣的啓事，不但信箱裡有，公車上、候車亭裡、超級市場門口，到處都有。

忙碌的人們，哪一個會停下來細看？哪一個會把那孩子的形貌印在心中，而存心幫助那父母去找呢？我想這樣的到處貼啓事，無非是警察機關爲丟失孩子的父母盡到最後一點心意而已。奇怪的是美國這樣一個富有的國家，怎麼仍有這許多拐騙孩子或販賣人口的事呢？拐騙者應該也是爲人父母的吧！怎麼忍心活生生拆散別人的骨肉呢？世道衰微，人心險詐，實在令人痛心。

對著這些啓事，我儘管於心有戚戚焉，最後也只有無可如何地把它扔進廢紙箱，一樣地把它視作垃圾郵件。見多了，心也變得痲木不仁，想想眞是可悲。

記得有一次收看一幕電視短劇，情節感人。故事是這樣的：一個年輕的母親丟失了孩子，她藉著電視聲淚俱下地向大衆懇求，幫忙她找回孩子。第二天就有一個貧窮的婦人，抱了一個嬰兒給她，向她懺悔不該自私地抱走她的孩子，所以抱來還給她。她歡天喜地的接過來，仔細一看，並不是她的孩子。她生氣地問窮婦人爲什麼要跟她開這個玩笑。窮婦人哽咽說：「我明明知道自己不應該騙你，但我在電視裡看到你那麼傷心，那麼想念孩子，一定是一位最好的母親。我太窮，養不起孩子，所以願藉此機會把孩子送給你。太太，求求你發發慈悲，接受這可憐的孩子吧！他爸爸不知去向了，我沒有能力養活他，有你這樣的母親，他就幸福了。」她聽窮婦人這麼說，不由得惻然心動。但她婉轉地勸窮婦人說：「你千萬不可把親生的孩子給別人。再辛苦也得把他撫養長大。孩子要的是母愛而不只是牛奶麵包，你比我還幸福，因為你有孩子抱在懷裡，而我的孩子不知去向了。我已失去孩子，怎忍心奪取你的孩子。你快抱回去吧！你只是因為貧窮，我願意補助你金錢。你年輕，一定可以好好活下去的。」於是兩個母親擁抱著哭成一團。

這一幕感人的情景，使我看得淚水潸潸而下。最難得的是那窮婦人婉謝了她的金錢贈予，她說：「眞感謝你的仁慈與寬恕。但我越發不能接受你的金錢，因為我本來就不是來騙錢的。我只是想來託付我可憐的孩子。你的一席話使我覺醒，使我懂得做母親的責任。您的情意比金錢寶貴千萬倍啊！」她抱著孩子走了。

這一幕感人的短劇，使我久久不忘。

因此，當我每次看到那些找尋孩子的啓事時，總是格外感觸，我奇怪拐騙別人孩子的，究竟是什麼心腸呢？

——原載民國七十七年四月《婦友》

母愛無邊

每次去一位朋友家，她八十餘高齡的老母，總是用眼睛定定地望著我，伸手和我相握，用濃重的鄉音說：「你坐，你坐。」吃飯時，就殷殷招呼我，「你吃，你吃。」

朋友告訴我，她母親的眼睛，只能看到模模糊糊的一點影子。耳朵也只能聽到隱隱約約的聲音。但是看她對客人的招呼，都好像耳聰目明得很，因爲她非常喜歡女兒的朋友來。

我們在樓下起居室欣賞平劇錄影帶，朋友生怕我膝頭冷，就拿了一塊五彩繽紛的毛線大毯子，給我蓋上。對我說：「這是我媽媽年輕時親手一針針鉤的手工。她已經八十四了，毯子的顏色還是如此鮮豔。這條毯子，我一直從小蓋到老。如今自己都當祖母了，每回蓋著毯子看電視看書，就感溫暖無比。」

她又告訴我，老人家偌大年紀，雖然耳不聰、目不明，但每天下午，家裡人是否都已下班回來，她都清清楚楚。有一天大風雪，交通阻塞，孫兒遲遲未到家，她就一次次摸到門口焦急地等待。那一份倚閭之情，實在令人感動。

我們在地下室看電視，她竟多次摸下樓梯來，問我們要不要喝茶，肚子餓不餓。她女兒焦急地喊：「媽媽，你怎麼又下來啦，快回屋去睡嘛。」就起身扶她上樓去，她嘴裡卻一直在喃喃囑咐著。

兒女們在母親心中，眞是永遠長不大的孩子嗎？她的關懷，她的擔憂，是永無止境的嗎？

我的另一位朋友，嫁給一位波蘭籍的美國人。有一次陪了她婆婆來我家，我招待她吃了一頓比較別致的中國菜，她回去後念念不忘，來信謝了又謝。並送我一個波蘭玩具娃娃。她信中說：「波蘭亡國後，我只回去過一次。看著滿眼的淒冷蒼涼，心裡很難過。只在街角地攤上買了這個女娃娃，珍藏了整整十年了，現在把它送給你。眞高興認識你，也眞高興媳婦有你這位朋友。」

一片誠懇，流露於字裡行間。最後她寫道：「兒子媳婦遠去印尼以後，我心裡很難過。我年紀大了，總希望他們不要遠離，但爲了兒子的前途，我總是表示得高高興興、健健康康的樣子，以免他們不放心。其實我最近爲整理園子花木，重重地摔了一跤，腰背受傷好痛。但請你千萬不要告訴他們。以免他們記掛，我會照顧自己的。我只是在想，如果他們不遠行，我就不用做這份沉重工作了。」

讀到此，我不禁泫然淚下。但我在給她媳婦的信中，仍不敢提老人家跌跤受傷的事。只希望他們儘可能早點回來，以免老母盼望。

又有一位朋友，她的愛子在北卡羅里那工作，事忙假期不能回來，做母親的卻極盼見到兒子，她從來沒開過從德拉瓦到北卡那麼遠的高速公路。她丈夫並不開車，卻鼓勵她去，他坐在她身邊替她看地圖、辨方向，他們順利地開去又開回。在電話裡她對我說：「只是因爲我一心想快快看到兒子，竟使我有勇氣與體力開那樣遠的長途，而且是第一次，連我自己都不相信啊。」

三個故事告訴我們，這就是母愛，無邊的母愛！

——原載民國七十七年六月《婦友》

幸福婚姻ABC

記得有一位老長輩說過一句幸福婚姻ABC的名言。他說：「夫妻要彼此感謝、欣賞（Appreciation）。連缺點都欣賞，也就是容忍。彼此相屬（Belonging）。彼此信賴（Confidence）。」這些道理聽來都是老生常談，做來卻是不易。近來讀文友簡宛〈相愛、相屬〉一文，她也再三強調夫妻之間要相互尊重、體貼、信賴與容忍，正是一樣道理，我是個從舊時代過渡到新時代的人。在朋輩中，凡是婚姻美滿，白首偕老，能做到上述諸般德性的，多半是爲妻的一方。而在今日女性主義伸張的時代，女強人是否能重視這些德性很難說，這是否就是離婚率升高的原因呢？

簡宛文中說，「婚姻生活，如逆水行舟，不進則退。」我覺得哪怕是幾十年的夫妻，每天仍都在逆水中搏鬥。但這樣的搏鬥，原應夫妻同心一德才行。若有一方視爲無足輕重，即使沒有覆舟，也將成爲貌合神離。

因此，相愛與相屬，看似二而一的，其實是相愛容易相屬難。因爲相愛是「情」，相屬是「義」。情是動蕩的，義是恆久的。夫妻的結合是由於「情深似海」，婚姻的延續卻必須領會得「義重如山」。

許多的婚外情，許多的猜疑，許多的仳離怨偶，都是由於在燃燒熾熱的「情」之後，缺少一個永恆的「義」字。

夫妻若能凡事推心置腹，爲對方設想，正如詞人所說的：「換我心，爲你心，始知相憶深。」這個「換」字，就是坦誠的溝通。這才是眞正的情深義重，眞正的相愛相屬。

有一位好友的岳父母，雙雙高齡九十以上，在他們鑽石婚慶祝會時，女兒女婿爲老人家印了一本《鶼鰈情深》紀念文集。我拜讀二老十分幽默的文章，深深體會他們彼此的了解與相敬相愛。那才是今日年少夫妻的好榜樣呢。

有一次我參加一位老友兒女的婚禮，被邀說幾句祝賀之詞。我只引了當年恩師所作的一副對子勉勵新人。那就是：「要修到神仙眷屬，須做得柴米夫妻。」神仙眷屬是綺麗的情，柴米夫妻是踏實的義。一切的患難甘苦，都要共同分擔，生死以之。正如宗教儀式婚禮中，一對新人在牧師面前所立的誓言。

西方人重視婚姻，才以鑽石、金、銀等象徵兩心結合的堅固，以慶祝結婚紀念。中國人重視婚姻，故有梁鴻孟光舉案齊眉的佳話，可是時至今日，不但少男少女對同居、分手、結婚、離婚，視同家常便飯，連老年夫妻，也有由「相敬如賓」到「如兵」，乃至白首分飛的悲劇。是多變的社會形態，使人們不再重視夫妻情呢？還是因為「海枯石爛」原只是文人筆下的歌頌之詞，而一到實際生活，就覺得平凡不足珍惜了呢？

本來嘛，「相思本是無憑語，莫向花箋費淚行。」婚前的山盟海誓，何足為憑？婚後要怎樣的相愛，才是相屬呢！

眞是難、難、難。多少怨偶，難道是由於原始結合時的錯、錯、錯嗎？

——民國七十八年元月十二日於紐澤西

暖墊

一方非常非常舊的暖墊，外面的條紋布套子都洗褪了色，而且還縫了兩塊補釘。插頭已換了好幾次。這樣破舊的東西，丟在垃圾箱裡都沒人撿的，我卻最愛它。冬天裡，我將它插上電，放在膝頭上，頓覺渾身暖和起來，讀書寫稿都效率倍增。

這個舊暖墊，我已用了十年以上，但卻捨不得丟棄，而且永不會丟棄。因爲它是兒子當船員時帶回來給我的。「媽，我沒有錢買貴重東西，知道您怕冷，帶個暖墊給您。」兒子說。

我捧在手裡，還沒插上電就感到暖烘烘的，心裡好欣慰。

但從那以後，他忽又外出不歸。行蹤飄忽，年復一年。冬天裡，我摀著暖墊，心頭卻是一陣陣寒冷又焦急。

暖墊漸漸舊了，套子也破了，我只將它縫縫補補，卻無意換個新的，因爲它使我體味到母子的息息相關。

五年前，我來到美國，仍舊寶愛地帶著這個舊暖墊。欣幸的是兒子已安定成家，我不用再焦急了。

有一天，暖墊又失靈了，兒子爲我修理好。媳婦說：「媽媽，這個暖墊太舊了，給您買個新的吧！」我說：「不要買新的，我就是最愛這個舊暖墊。」我把它插了電，放在膝頭上，高興地說：「你摸摸看，好暖和喲。」

他們都在我身邊，伸手放在暖墊上，笑呵呵地說：「哦，眞的好暖和喲。」

窗前小鳥

遠在澳洲的么乾女咪咪來信說，澳洲眞個是四季如春，鳥語花香。她住的那一州還有Garden State之稱，花草種類之多，不勝枚舉。「鳥語」更是名副其實。最普遍的一種鳥是鈴鳥Bell Bird，叫起來的鈴鈴之音，十分迷人。另外就是澳洲人最引以自豪的笑鳥（Kookaburra）。漫步林中，隨處可以聽到，完全是人的笑聲，可是她聽起來有點像老巫婆的笑。我想想如果一個人在深林中聽到，一定不寒而慄。

這裡呢？時序雖已過了立春，仍舊冰雪未溶。但只要雪後初晴，陽光一普照，我就可從窗前看到外面，不時有小鳥飛來，棲息在欄杆上，報告你，春的消息已經近了。

每年春光明媚的日子，附近枝頭小鳥，都會飛到欄杆上，窗枱上，或是抓在光禿禿的木板牆壁上，似在和你打招呼，又似在尋尋覓覓，尋覓一處可以築巢的地方吧。因為我看見對面鄰居陽台一邊的木板，有一個比酒杯口較大的洞穴，一隻小麻雀恰巧可以鑽進去。不一會兒，牠的同伴來了，察看地形認為此處可以築巢，於是兩隻麻雀就同心協力，輪流地啣著乾草小樹枝進入洞中。不久，又有第三隻麻雀來了，原先的兩隻之一，坐鎮洞口，使後來的無法進入，我守著窗兒，看得入神。想來這木板隔層裡間，一定相當開闊，何不開放門戶，與朋友共享層樓華宇之樂。可見小小動物，也有獨占既得利益的私心。

於是這小小洞穴，每天都有許多麻雀飛來，艱難地抓在洞穴邊的木板上，向裡張望一陣又嗒然飛走，如此川流不息地飛來飛去，有的進洞又出來，有的懸在洞口，踟躕不去，我也分不清，哪一對是夫妻，哪一群是敵人，也不知原始發現洞穴而開始築巢的，是否已被鵲巢鳩占，因而糾衆飛回爭奪。總之，這方寸之地的洞口，爭奪戰顯得十分劇烈。倒是另外幾隻較大而有彩色羽毛的鳥，總是閒適地優游一陣就飛走，對於小麻雀們的棲棲遑遑，視若無覩。

有的美國家庭，在門前樹上掛一個現成的鳥巢，鳥兒們就會自動地進去做窩，主人也享受到「有鳳來儀」的歡樂。我每天看著這一批鳥兒的競逐，也深感天地間生機之旺盛。可惜那屋主忙於工作，每日早出晚歸，對自己陽台上的一片熱鬧景象，漠不關心，倒讓我這個無業閒人享受了。

想起在故鄉時，大宅院的棟樑上，每年春天必定有燕子來做窩。那一對燕子呢喃細語的商量，實在動人心弦。母親時常尖起嘴脣，學著牠們的啁啾之音，細細軟軟地說：「不吃你家米，不吃你家鹽，只在你家做窩棟樑住。」我家鄉「住」字發「齊」字音，母親把聲音拉得好長，說得很快，很像燕子的鳴聲，非常有趣。

燕子於秋天飛走後，母親不許任何人將空巢搗毀，等候牠們明年再來。儘管再來的不是舊巢燕子，儘管詩人痴痴地問：「燕子來時，陌上相逢否？」舊主人一份盼待心情，是溫厚無邊的。

舉目望窗外築巢的小鳥，不由得墮入沉思。但願牠們也能如燕子似的啁啾呢喃，或是像澳洲鈴鳥，發出美妙的鈴鈴之音，催我神遊故國或遙遠的澳洲。

——原載民國七十六年三月九日《華副》

念蟋蟀

住在紐約蘇荷區的一位畫家朋友，養了一隻蟋蟀。他用一缽鬆鬆的泥土，一張小小的瓦片，幾株綠綠的細草，爲牠蓋起一幢幽靜寬敞的庭院。

「蟋蟀是從哪兒來的呢？」我問他。他說：「是隔壁的破房子被拆除了，牠無處安身，就從牆壁縫中爬過來了。」

屋外冷雨淒風，成千成萬的蟲兒凍餒而死，幸運的蟋蟀卻找到了仁慈的主人，溫暖的家。在自由天地裡，蟋蟀溫飽之餘，就放聲歌唱起來，爲重生歌唱，也爲感恩歌唱。畫家深夜作畫時，牠唱得更起勁。他高興起來，就把牠的歌唱錄了音。

有一天，我去看這位朋友，屋子裡高朋滿座，談笑風生，我走到蟋蟀的庭院邊去輕敲瓦背，低聲叫牠：「蟋蟀，你出來呀。」牠把頭伸出來張望一下，馬上縮回去了。牠只躲在屋子裡諦聽。客散後，我們只三個人促膝談心，蟋蟀忽然唱起來了。

回來後，我一直掛念蟋蟀，打電話問朋友，他說：「不行嘍，牠斷了一條腿，這是自然現象，蟋蟀生命很短促。」他心裡很難過，我勸他再養一隻，他說：「到哪兒去找呢，這也要憑緣分的呀。」

我們彼此都黯然神傷。

但我一直都記掛著那隻斷了腿的蟋蟀，想想恆河沙數的蟋蟀，在一萬分之一秒中生生死死，我爲何老是忘不了牠呢？只因我曾經見過牠，與牠有點頭之交，也只因我聽過牠午夜的歌聲。

還有，只因我幼年時，我的哥哥愛捉蟋蟀，我們兄妹在小小的書房裡，邊讀書，邊聽蟋蟀唱歌。

那歌兒就跟這隻蟋蟀唱的一模一樣。

光陰已逝去半個多世紀，蟋蟀的歌聲是永恆不變的。

但是這隻蟋蟀，卻終究消逝了。幸運的是我那位朋友用錄音帶留下牠的歌聲。深夜他作畫時，蟋蟀的歌聲一直伴著他，唧唧唧唧……

——原載民國七十六年七月九日《世界日報》

若要足時今已足

辛棄疾有兩句詞：「若要足時今已足，以爲未足何時足？」短短十四個字，說得非常透徹。俗語說：「人比人，氣死人」，「這山望得那山高」，不能滿足，就永遠沒有快樂。

孔子說：「居富貴，安於富貴。居貧賤，安於貧賤。」能做到這個「安」字最最不容易。孔子並不鼓勵世人非要居陋巷，簞食瓢飲以表示清高。他也贊成人們能安享富貴，只要是循正當途徑努力獲得的。他卻不贊成強求。強求來的富貴，必然患得患失，錢多了還求再多，位高了還想再高。如此則當然不會安心，所以他的教誨著重在一個「安」字。

至於居貧賤，尤其難「安」，眼看別人錦衣玉食，高樓大廈，自己何以陷於窮困。眼看別人官居要津，自己何以鬱鬱沉下僚。若不能反躬自省，自己必有不如人之處，而只是心懷怨懟與嫉妒，這顆心就不會安，不安就容易走上邪辟之途。或作奸犯科，無所不爲了。

我如此沉思著，身子靠在從台灣帶來的一口五斗櫃邊，感到它是那麼的扎實，又是那麼的親切。因爲它與我們相依了足足三十六年。在這段漫長的歲月裡，我們有憂患也有歡樂，有挫折也有鼓舞。患難與共的五斗櫃應該都知道的。它抽屜的一角，到現在還一直擺著一個小餅乾盒。那是我們過去儲蓄每個月辛勤所得積餘的「保險箱」。我也捧了它三十六年，捨不得丟棄。如今用它收藏各地好友寄來的紀念品，這一份情誼遠勝於珠寶金玉。

五斗櫃雖已陳舊褪色，但木料極好，是我們剛成家時傾囊倒篋所購最豪華的家具。我們前後搬了七次家，它永遠伴隨我，在臥室與我默默相對。以美國人看來，它是丟在馬路邊都沒人撿的，但我卻十分寶愛它，不只因爲它的堅實耐用，更是因它會時時提醒我那一段艱苦奮鬥的歷程。

美國人喜新厭舊，幾乎搬一次家，扔一次家具，或是「低價賤賣」。外子說：「眞想買一套新沙發與桌椅，把這些舊兮兮的一起扔掉，表現一下『豪華』。」我大爲生氣地說：「你忘了這套沙發是我們當年考慮多久才狠下心買的嗎？那一份『豪華』的感覺，正和買五斗櫃時一樣，至今永在心頭。我已感到很滿足，一點也沒有換新家具的奢望。」他搖搖頭說：「你太落伍了。我們已偌大年紀了，何不享受一下呢？」我說：「享受是沒有底的，知足常樂啊！」於是我又念了一遍：「若要足時今已足，以爲未足何時足。」他默然了。

——原載民國七十六年七月二十七日《世界副刊》

小茶匙

爲了尋找失蹤的小茶匙，我整個上午失魂落魄，讀書寫稿都無心情。最後想起，必定是我將它混在西瓜皮一起倒進垃圾袋，拎出去丟入遠處的大垃圾箱裡了。正想到時，耳聽垃圾車已隆隆而至，便三步兩腳趕出去，硬是踮起腳尖把頭一晚丟進去的一個塑膠袋提了回來。

站在門口抽菸的鄰居老先生，看得一楞一楞的，怎麼我會把垃圾從外面提回來呢。我只好很難爲情地向他說明：「這是我自己丟出去的垃圾袋，裡面並沒有黃金美鈔，而是可能有一件心愛的紀念品，我非得徹底找一下才甘心。」他立刻點頭說：「當然、當然，希望你能找到。我也常做這種糊塗事。」老先生眞是解人。

我把袋子解開，戴上橡皮手套，把裡面的瓜皮果屑、雞皮肉骨，一一抓出來，滿鼻子的酸臭，卻是滿懷的希望。果然，噹的一聲，小茶匙掉出來了。那一刹那，我眞如中了頭獎，那份失而復得的欣慰是無言語可以形容的。

小茶匙，不是金的，也不是銀的，更不是水晶的，它只是一把不鏽鋼的細細小小的茶匙，形狀有點像耳挖子，很玲瓏可愛，老伴每天早上塗梅醬總要用它。每回都要問「我的耳挖子呢？」我也總說那是我的耳挖子。

其實這把小茶匙既不是他的，也不是我的，而是兒子在嬰兒時用以調奶粉，給他餵奶糕的。其歷史之悠久，正與兒子同歲，已經三十一年。無論什麼東西，經你親手摸了三十一年，用了三十一年，還能對它不愛惜嗎？何況在這把小茶匙上，印有兒子從牙牙學語的嬰兒，一天天成長茁壯的痕跡呢。

記得他逐漸長大能自己挖飯吃時，小胖手總是揑著這把小茶匙，挑得滿滿的爛糊飯，嘴巴張得大大地往裡送。我們惟恐他吃太多，搶下他的茶匙，他就哭著喊「我還要，我還要。」最後只好把飯碗端開，讓他揑著小茶匙玩，他也就忘了吃飯的事了。

小茶匙有這樣珍貴的紀念價值，我們怎能不愛惜呢？因此幾十年來，總是仔細地保存，仔細地用著。現在兒子已成家，每回與媳婦來時，我總要問他，要不要喝咖啡，他搖搖頭說是要喝茶，於是小茶匙就無用武之地了。我爲他拌了水果乳酪他也不碰，只有巧克力冰淇淋他愛吃，就用的這把小茶匙。我一邊看他一匙匙地吃，一邊笑著告訴他小時候貪嘴，張開大口吃雞蛋菠菜泥拌爛糊飯的事。他一聽，皺起眉頭說：「好難吃喲！」其實他哪裡記得？那時他卻吃得津津有味呢。

吃完了冰淇淋，他把小茶匙不經意地往盤子裡一放，站起身來就說：「我要走了。」

他們來去匆匆，要走是留不住的。在陽台上目送他們的車子遠去。回屋子把小茶匙收到水槽沖洗乾淨，看它仍是那麼閃閃發光。兒子長大成人了，他用過、玩兒過的小茶匙嶄新依舊，它一直伴隨我們，我們就很安慰了。

所以，小茶匙一時丟失，我怎能不找呢？找到了，怎能不高興呢？

——原載民國七十六年十月《婦友》

夫妻．夫妻

有一次應邀參加「如何促進婚姻幸福」的座談會，一位文友講了個笑話：有一個妻子脾氣很不好，一生氣就把丈夫心愛的花瓶砸破了。做丈夫的一點也不惱怒，只耐心地將它補好。第二次又被她砸了，他再補。朋友們去時，總看見他在補花瓶。他笑笑說：「花瓶成了百裂古瓶，比原來更有價值了。」

這個誇大的笑話，卻使我想起另一個妻子的嘆息。她說：「夫妻和和氣氣相守一輩子，就像一隻美麗完整的花瓶，沒有一條裂痕，可以盛水，可以養花。就這麼擺著也是賞心悅目的。可是一旦不小心碰破了，即使修補好了，仍舊是有裂痕的。它會漏水，再也不能養花了。」

同樣的珍惜婚姻關係，可是兩種人的觀點不同，心情迥異。在舊時代裡，容忍的都是女人。記得母親當年常常說的：「夫妻吵架，好比牙齒咬了舌頭，總是舌頭出血，牙齒毫無損傷。可是舌頭痛一下，出點血也就收口了，誰見過在舌頭上抹藥的呢？」

在母親為妻的心路歷程中，所體味的辛酸苦澀，有甚於現代女性多多了。但，現在女性如果重視婚姻關係，願意維繫夫妻感情的話，也仍然有「不是冤家不碰頭」，或是「碰了頭才成冤家」的嘆息。本來嘛，得不到的總是好的，有情人成了眷屬也會成冤家，羅密歐與茱麗葉如果結了婚也會吵架的吧！

簡宛寫過一篇文章，題目是〈溝通〉。她極力鼓勵家庭中，夫妻、父母、子女要盡量溝通。要明白表達自己的心意，不要相互猜測。但說來容易做來難，從語言的溝通到心情的溝通，就得雙方付出極大的耐心與忍讓。有時一句不耐煩言辭的刺激，就會使幾日來的容忍，前功盡棄，還談什麼溝通呢？

「溝通」是個新名詞，在舊時代，也有一個溝通的笑話：夫妻二人感情很好，但脾氣都急。於是相約，丈夫心情欠佳時把帽子歪戴，妻子心中煩躁時把圍裙的一角紮起，彼此看到對方有此標誌，就忍讓幾分。但有一天不巧，是丈夫歪戴著帽子，遇上妻子正紮起圍裙一角，就誰也不肯讓誰了。但至少這是一對開明的夫妻，他們已經溝通了。

中國人講剛柔互濟，或以柔克剛，總認為女性當有溫柔之美德。可是以女性的心理來說，丈夫應當有更寬宏的度量，體諒妻子。記得我有一位父執，他在書房與客廳中掛上中西名畫。但他的太太是鄉下出身，極愛彩色美女月分牌，他就幫她在臥室牆壁上貼了好幾張美女月分牌。他笑嘻嘻地說：「這是對比的美。」他是眞正懂得夫妻相愛藝術的人。

總之，百鍊鋼與繞指柔，都得雙方共同努力，才能眞正和諧，眞正溝通。先師說得好：「要修到神仙眷屬，須做得柴米夫妻。」神仙眷屬是同安樂，柴米夫妻是共患難。可惜今日人們生活富庶，柴米得來容易，夫妻沒有共患難的甘苦，所以神仙眷屬也愈來愈難求了。

——原載七十六年十一月《世界日報》

第一

最近遊覽了美國最富有卻是最小的一州——羅德島。車子一進此州，必須減速至每小時四十五英里。因爲如此小面積的旅遊勝地，怎可一晃眼就過去而不慢慢駛行、慢慢欣賞呢？但許多遊客不知道這個限制時速的規定，因此常常有人因超速被罰款，使羅德島給遊客留下格外深刻的印象，它的名氣也就愈大了。

其實羅德島之聞名，只是由於它的財富。我們參觀了一幢最古典最傳統的豪華大廈。全部大理石建築，屋主爲了每種材料，每一設計，都要爭取世界第一。他費盡心機，必須達到這個目的。連古代義大利的皇宮，他都寧可耗巨資買下來，然後將其中每一扇門，每一塊材料，都照原樣仿製完成之後，再將皇宮拆毀，以滿足他比皇宮更豪華，天下獨一無二的慾望。

有一間屋子的天花板所鑲的圓形大理石，是採自全世界所有大理石名產地，其中有一塊就是中國雲南的大理石。另有一根柱子，是全世界色澤最美的大理石。全幢屋子，幾乎每樣都是第一，包括餐廳裡那個橢圓形拌沙拉的大盤子，現在已經變成五彩繽紛的花盆了。

儘管屋子樣樣都得到了第一，屋主卻只活到五十多歲就去世了。只有生與死，他無法控制，無法以金錢買到壽命，使自己成為世上最長壽的人，而爭取到第一。

上天究竟是公平的，無貴無賤，同為枯骨。他如幽靈有知，來看看自己生前的豪華宅第，不知有何感想？

——原載民國七十六年十一月十一日《華副》

惜生・愛生

對佛學有深湛研究的沈家楨博士，時常在美國各地作學術演講，深入淺出地弘揚佛法。有一次，他講「實相」的問題，講到一個人對於「我」與「名」的觀念之難以破除。他說人一生下來，就形成了「我」的觀念，年紀愈大，「我」的觀念愈深，要證入「實相」，大是不易。有了「我」，自然就有一個「名」的觀念。有修養的人常說淡泊名利，名利如浮雲流水。沈博士認爲連視爲淡泊、虛幻，心中仍隱隱還有一個「名」的存在。

如此看來，要忘我、忘名，談何容易。我倒覺得，「我」的觀念，不必勉強破除，只要能虛心、謙和、寬容，有一個「我」實相存在，反倒可以將心比心，推己及人。基督的「愛人如己」，佛的「我不入地獄，誰入地獄」，儒家的「正心誠意、修齊治平」，豈不都是從小我出發，推廣到大我而終至無我嗎？

童年時代，我的家庭老師時常灌輸我一些佛家思想，他對我說：「人的身體是個臭皮囊，是最最沒用的東西，但也是最煩人的東西。一頓不吃就感飢餓，幾天不沐浴就會發臭，針尖刺一下就會覺得痛。吃下去的山珍海味，拉出來的是屎尿。……」聽得我很不開心，小小年紀，就感到人實在很苦、很虛幻。漸漸成長之後，多讀一點談人生的書，多經歷一點世情，倒覺得這個實質的我，與精神的我，並不衝突。尤其是飽經戰亂憂患，從顛沛流離中度過來以後，深感賴有頑強的身體，豐富的生活經驗，才能歷練出正確堅定的意志，也更能有包容與捨己為人的精神。想起當年老師說的這個無用而麻煩的「臭皮囊」，又有什麼不好？問題在乎要珍惜而不溺愛，能肯定而不執著，聖賢說的「身體髮膚，受之父母，不敢毀傷」，是珍惜身體，「毋意、毋必、毋固、毋我」是不執著。抽菸酗酒、縱聲色犬馬之慾，毀傷身體，連「實質的我」都不存在了，還談什麼「精神之我」的提升呢？

我是一個膚淺平凡之人，自幼略讀聖賢書，並受雙親與老師佛教慈悲為懷思想的誨諭，我認為儒家仁民愛物與佛教的大慈大悲是相通的，也是最平實、最簡易的信條。這是基督教只認一個上帝的排他性所遠遠不能相比的。生命是可貴的，成長是艱辛的，佛憐惜人，也憐惜芸芸眾生，這也是基督教義所遠不可企及的。佛教徒有首詩說：「一指納沸湯，渾身驚欲裂。一針刺己肉，遍體如刀割。魚死向人哀，雞死臨刀泣。哀泣各分明，聽者自不識。」這不就是儒家仁民愛物之心嗎？而仁民愛物總要從自己的感受上推廣，正是孔子說的「能近取比，可謂仁之方也已。」最近的，不就是「我」嗎？

在國內時，有一次收看電視上報導牛墟販牛的情況，看牛販把牛套上犁架，使力用鐵器刺牠小腹逼牠負重奔跑，以博取買主的信心。凡是行動稍現遲緩的，就在牠身上無情地蓋上個戳子，表示無用之牛，將送入屠宰場。我清楚地在鏡頭上，看見那頭牛雙眼淚水盈盈，令人不忍卒覩。童子的心是最仁慈的，鄰居的孩子因看了這個情景而不忍再吃牛肉。可見惻隱之心，是應當自幼予以培養。如今社會上殘殺之風日甚，令人憂心，「愛的教育」，該是多麼重要啊！

我自慚沒有讀過佛教經典，不懂高深佛理，如前文所說，我只堅持信奉佛教慈悲的圓通廣大之旨。憐惜所有的生靈，也愛惜自己的生命。有「我」而不執著「我見」，也就能安時而處順了。

這是我閱讀沈博士演講紀錄一點淺近的領悟。自覺怡然自樂，欣然而喜焉。

——原載民國七十六年十二月九日《華副》

老師不要哭

我有很多很多漂亮的聖誕卡，用一個盒子裝起來，每年聖誕節前，都拿出來一張張慢慢兒欣賞；慢慢兒回味。朋友們知道我愛貓，多半送我貓卡片。張張都好可愛。看著看著，心中總會浮起另一張貓的照片，卻因幾十年的轉徙搬遷，這張照片再也找不到了。

照片上是一隻母貓蹲在地上，安詳滿足地看著牠的兩隻小貓在盤子裡舔牛奶，背面是端端正正的童體字，寫著：「老師，我好喜歡這張照片，把它送給您。兩隻小貓，有一隻是隔壁的，牠沒有媽媽了，我的母貓好疼牠。」

這個小男孩是我四十多年前的小學學生，他叫林小傑，是一個胖嘟嘟的可愛小男孩。那時我大學剛畢業，太平洋戰事爆發，我在上海回不了故鄉，就在一個教會中學的附小當代課老師，教五年級英文兼級任導師。我沒有受過師範教育，只憑自己當年在初中時，級任導師對我們的百般愛護的記憶，體會著照顧這些天眞無邪的孩子，沒想到他們都好喜歡我。聖誕前夕，我一進課堂，小朋友一個個手裡高舉賀卡，一擁而前，齊聲喊：「老師聖誕快樂，老師先拿我的卡片。」我感動得不知先接誰的才好。他們有的鑽進我懷裡，有的拉住我的手。我親親這個，抱抱那個，我擁有了太多的愛，一顆心脹得好飽滿。

晚上在燈下，我拿著卡片，一張張看，一張張讀背面的字。那一群純眞的孩子啊！他們對我的愛，都表現在一筆一畫端端正正用心寫出的簡單句子裡了。

其中就有我上述的那一張。那不是現成的賀卡，而是一張照片，是林小傑送的。

第二天，我包了一包包小禮物，分給每個小朋友。當我遞給林小傑時，他悄聲問我：「老師，您喜歡那張照片嗎？那張母親陪著小寶寶喝牛奶的照片。」我立刻回答：「好喜歡啊，眞謝謝你。」他說：「那張底片找不到了。哥哥有點捨不得。媽媽說：老師這麼愛你，你送給老師吧！我就送您了。」

我把他摟在懷中，不知怎的，淚水忍不住撲簌簌落下來。他吃驚地問：「老師爲什麼哭呀？」我說：「聽你說媽媽，老師也好想念媽媽啊！可是一時回不了家鄉。」他也緊緊把我抱住，半晌，抬起頭來望著我，一雙大眼睛也是淚水汪汪的。他用小手摸我的臉頰，把我的眼淚抹去了。慢慢兒一個字一個字地說：「老師不要哭，我的媽媽分一半給您好嗎？您看照片上的母貓，不是也分一半給隔壁的小貓嗎？」他是這般的細心、善體人意，我眞感動得說不出一句話來，只是摟得他更緊些，眼淚仍是止不住地流。

時間已匆匆飛逝了四十多年。林小傑，那個十歲小男孩如今也已是五十多歲的中年人了。不知道他現在究竟在哪裡，這麼多年的動亂苦難，他是否都安然度過了呢？無論他在天涯海角，願上蒼保佑這位願意把媽媽分一半給我的好心孩子，祝他平安無恙。

在我心中，他永遠是那麼一個胖嘟嘟的可愛小男孩。

——原載民國七十六年十二月聖誕前夕《中華日報》家庭生活版

梯

每在跨樓梯時，常常會浮現一幕記憶：

我在台北任公職時，初期尚無交通車，下班後都在附近等公車。常見一位中年男士，也站在一邊等車，但車到站開啓車門，他卻又踟躕不前。有兩次都是跨上去又立刻退了下來，棲棲遑遑地站在那兒，望著車子，直到人都上完了，他仍然不走。我猜想他一定是等的人未到，或是丟失了什麼東西。

因我經常搭這一路車，跟服務小姐都熟了。她有一次問我：「你認識那個人嗎？」

我搖搖頭：「看見過好多次，可能就在同一個大樓裡工作，卻不知是哪個單位。」

「他有神經病吧！每回我一開車門，他好像急著想跨上來，卻又不想上，好幾次都跨上了又退下去。我若是看見他一個人站在那兒時，就不開車門，他反倒笑了。你說他是不是有神經病呢？」

我不願隨便論斷一個人，但心裡也有點奇怪他的進退維谷，究竟是什麼道理。直到有一天正好與他在大樓的正中大樓梯邊相遇，他朝我點點頭，看去神情完全正常，然後我們一前一後的跨上樓梯。誰知他竟跨上三步，退下兩步，再跨上三步，又退下兩步，弄得我只好站到一邊。呆呆地看他上上下下地一直走完樓梯。

到辦公室後，我忍不住問一位女同事可曾見過這個人。她說：「你不知道呀，他是位很有學問，又有操守的好法官。而且還在各大學當教授呢，他走樓梯時就是這麼三進兩退的，大家見慣了也就不奇怪了。你是來此不久，還不知道他的事。」

「究竟是怎麼回事呀？」我越加好奇了。

「說來眞是段酸辛的經歷。在撤離大陸來台之時，公家只分配給他一張飛機票，他與妻子及一個襁褓中的幼兒就不能一同上飛機，時間已極迫促，他們夫妻難捨難分。妻子深明大義，一定要他快上飛機，不必管她。他卻寧願與妻子相守，不願上去，所以上了飛機又下來，如此連著數次，最後他想下時，扶梯已抽走，機門已關閉，他在窗洞中望著妻子，淚水涔涔而下，他們就此分別了，這一別就斷了音訊。因此在他腦海中留下一個拂不去的深刻印象，就是一段扶梯的上上下下，精神上受了極大的刺激。從此以後，一遇到跨樓梯，他就會進進退退的踟躕不前。」

從那以後，我每回看見他走樓梯，總盡量讓開，為的是不忍心看他一臉茫然的神情。

時隔三十六、七年，世事的轉變眞非人始料所能及。如今國內正在掀起一股回大陸探親熱潮。這位先生如果也回去探望妻子的話，機門啓處，夫妻兒女的闊別重逢會是什麼情景，彼此都已白髮蒼顏，幾十年的辛酸如何訴說呢？是誰造成這一幕悲喜劇的呢？

讀了許多探親的文章，也耳聞很多人回來後口述的感想。對我這個無親可探者而言，心頭只有一片空茫之感。

誰不懷念故鄉？但我不想回去。長輩早逝。老屋都已拆除，回去反成無家可歸之人了，我眞的不想回去探望啊！

——原載民國七十七年三月《婦友》

靈犀一點

深秋的陽光照得屋子暖烘烘的，我滿心愉悅地搖開玻璃窗戶，讓輕柔的微風也隨著陽光一同進來，給自己享受一個寧靜的下午。

回頭卻見一隻蜜蜂惶惶然撲向窗戶，可是隔著一層窗紗，牠飛不出去。再起飛盤旋一陣，又撲向窗紗，仍舊飛不出去。我看著好不忍心，生怕牠幾次三番的碰撞，必然會昏倒而死去。屋內空間雖大，但這小小的生命，要的是更多的自由。只是因我不慎沒關好陽台的落地門，牠一時好奇，錯誤地投入羅網。我對牠感到好抱歉，卻又無法引導牠飛出去。

外子看我徬徨的樣子，提醒我說，拿一張紙靠近紗窗，牠也許會爬到紙上來，再輕輕包了把牠放到外面去。我說：「牠哪裡會這麼聽話呢？」他說：「你忘了嗎？那次我們陪朋友參觀西點軍校，坐在校園的石凳上，有兩隻蜜蜂一直繞著你飛，你不是把牠們放到遠遠的矮牆外嗎？」

對呀！那時大家都擔心牠們會刺傷我。我卻穩定地想：不會的，我不動絲毫撲殺牠們的念頭，牠們一定不會因自衛而刺傷我的。於是我舉起手臂，嘴裡輕聲念著：「蜜蜂蜜蜂，停到我手背上來吧！我把你送到廣闊的矮牆外去。」念著念著，兩隻蜜蜂眞的都先後停到我手背上來了。我有信心地，慢慢走到牆邊，牠們冉冉地飛走了。

當時心頭的喜悅，是難以言喻的。那兩隻蜜蜂，確實是那般的解人意。直到現在，我仍然記得牠們在我手背上爬行時癢酥酥的感覺哩！牠們的姿態，是那般的美麗。怪不得日本一位高僧說：「不要去拍打蒼蠅啊，牠正在搓著腳、搓著手呢。」眞個是萬物靜觀皆自得，你怎忍心殘酷地剝奪牠們的生命與自由呢？

我一高興，馬上拿了一張軟軟的白紙，靠著紗窗蜜蜂停留的地方，低聲說：「蜜蜂蜜蜂，到紙上來，我送你出去。」誰知說時遲，那時快，牠並沒爬到紙上，卻一下子飛起來，停到我大拇指上，又是那股癢酥酥的感覺。我眞是喜出望外，驚奇於自己竟然有一隻魔手呢。它雖不能降龍伏虎，卻會逗來小小飛蟲。我定定地舉著手，緩緩地走到陽台上，在亮麗的陽光下，蜜蜂悠悠然飛起，是那麼的安詳又自得。

聽來好像是不可能的事吧！但，兩次都是千眞萬確的事實，沒有絲毫的渲染。我怎麼可以憑空編造故事以博取讀者的歡心呢？

其實這不是什麼奇蹟，道理很普通，就是人與天地萬物，原都應有靈犀一點的溝通。對有生命的東西，時時存憐惜心、生喜愛心。草木將因而欣欣向榮，蟲魚鳥獸亦不會對你由畏懼而起傷害心。所謂與草木通情愫，與蟲鳥共哀樂。於是鳥飛魚躍，各得其所，天地間呈現一片祥和氣象。這是多麼美好、多麼令人嚮往的境界啊！這不是迷信，這也許正是佛家「菩提淨土」的境界吧！

由於感念於兩次「靈犀一點」的情景，我願誠誠實實地記載下來，將無邊的歡樂，與大家共享。

——原載民國七十七年元月《幼獅少年》

艱難的成長

相信任何人都愛觀賞關於各種動物生活的紀錄片，喜見母鹿母羊生下小鹿小羊，也喜見母獅母虎生下小獅小虎。無論牠們是凶狠或溫順的獸類，對兒女的疼愛呵護都是無微不至的。看牠們喜悅慈祥地對搖搖晃晃、渾渾噩噩的小兒女又吻又舔，耐心地哺乳，眞覺大自然充滿一片祥和氣象。可是要幼兒長大，光是餵奶是不夠的。於是獅虎們得出去——使出渾身解數，捕捉非我族類的動物，啣回給兒女當大餐。而勇敢的母鹿母羊，爲了帶領兒女吃新鮮青草樹葉，教導牠們如何覓食。在危機四伏中，聳起雙耳、提高警覺，無奈凶猛的敵人總會出其不意地撲殺過來，可憐牠們再怎麼捨命的奔跑，也難逃一死。更可憐的是徬徨失散的幼兒，還不知道自己在剎那間已成了無母的孤兒，也懵然不知兄弟姊妹中有幾個已葬身虎口。

凡遇到這些殘忍的鏡頭，我眞是「睜一隻眼、閉一隻眼」不敢多看。據科學家的說法，這種弱肉強食的自然現象，正爲了維持生態的平衡。在儒家看來，則是「天地不仁，以萬物爲芻狗。」依佛家慈悲之心，則是業障、輪迴與果報。面對這些鏡頭，彷佛這一切都是眼前發生的事，忘了那是科學家千方百計攝取的鏡頭。我在心中默默祈求，造物者發發慈悲，使天地間一切生靈，都能平安無事，各得其所。

今天我又看到一幕可憐的情景。母龜在海灘上生下一窩蛋，辛苦地用沙土掩蓋後，就蹣跚地爬回大海中去，不再掉頭一顧，不再想到兒女們孵出以後，將如何爲生存搏鬥了。不久，一隻隻迷你小龜，從沙土裡冒出來了，牠們成群迅速地向海邊爬。可憐這一大批一出生就成了無母的孤兒，卻都先天的知道強敵盤旋在空中，佇候在海灘，虎視眈眈。果然，大鷹一下子就抓走一隻，海鳥則以長喙將牠們翻過來，啄食牠們沒有保護的腹部嫩肉，頃刻間，海灘上一片血肉模糊，於是大鷹得以果腹，揚長而去了，海鳥也躊躇滿志了。剩下幾隻虎口餘生，仍在奮力向海水爬去。若幸得一陣海浪沖來，將牠們捲進海中，就算逃過第一關了。可是茫茫大海、渺渺微生，牠們迎面而來的敵人正多，牠們有多少個能逃過劫數，優游在大海中呢？小小的幼兒們，究竟能找得到牠們的母親嗎？不，我問這話眞太傻了，龜們原是只顧生，不顧撫育的無知動物。

想想龜的壽命居然可活到千年以上，牠們在海中、在沙灘上，是如何躲過敵人的呢？

做這紀錄片的攝影師究竟是幽默而且仁慈的，他特地拍攝一隻迷失方向的小龜，蹣跚地爬向一群正在太陽裡，彼此緊靠著酣睡的海豹，小龜呆呆地停下來，眼見一批龐然大物，並不畏懼。有一隻海豹睜閉一隻惺忪的眼，打了個呵欠，沒把這小不點兒放在眼裡，又翻個身呼呼睡去。小龜看無動靜，再轉個方向急急爬去，謝謝天，這小小的幸運的「漏網之魚」，總算平安地接觸到浪花，再一個浪潮，牠回到海裡了。儘管牠再也找不到遺棄牠的母親，卻是載浮載沉，頗爲優游自在的樣子。

眞希望牠長大後，生下蛋，能做個負責的母親，帶領幼小的兒女長大到獨立謀生的程度。可惜這只是我的夢想啊！

——原載民國七十七年一月《婦友》

打雷與戰爭

記得好多年前，讀過一首兒童詩：

我好怕打雷
打雷了
我躲進爸媽的懷裡
爸媽發怒時也像打雷
我躲到哪裡去呢？

描繪出天眞孩子的心情，和孩子對父母的仰賴。

又記得有一次在此收看電視訪問一位寫《戰爭孤雛》的作者，他敘述自己寫這本書的動機，是因爲看到一個在砲火中喪失父母的孤兒在哀哀啼哭，哭得那麼的悲苦無助。此時，東升的朝陽正照著孤兒淚流滿面。他哀憐地去撫慰孤兒，卻聽孤兒抽抽噎噎地說：「我一直想著爸爸媽媽在砲火中死去的眼神，我會哭一輩子的。」這位作者感然心動，想想自己的孩子是那麼的溫飽幸福，眼前的孤兒卻是如此的哀哀欲絕。同是一個太陽，卻照著幸與不幸截然不同的兒童。因此他發心寫這本書，報導戰爭中喪失父母的孤雛，以喚起人類廣大的同情心，與對戰爭的思考。

電視主持人也訪問了幾個孤兒。由於他們都飽經憂患，所以都顯得非常老成，對答得極爲肯定感人。有一位婦人慈愛地對他們說：「希望你們今後能享受和平與幸福，也像我們國家的孩子。我們的孩子是幸福得被寵壞了，連打雷都怕，你怕打雷嗎？」

一個孩子馬上回答說：「我不怕打雷，戰爭比打雷可怕多了。打雷時我可以躲到爸爸媽媽懷裡。可是戰爭殺死了我的爸爸媽媽，叫我躲到哪裡去呢？」

這幾句痛心的話，聽了令人酸鼻。一個才十一、二歲的孩子，竟會說出如此深刻沉痛的話，是苦難使他們快速成長了。

比起前面所引的兒童詩，同樣的說到打雷，而兩種兒童的幸與不幸，卻有天壤之別啊！

我又記得在一本女性雜誌上，看到兒童筆友通信欄，有一個美國孩子寫信問蘇聯筆友：「你怕戰爭嗎？你們的老師有沒有告訴你們，戰爭有多可怕嗎？你們的政府，好像跟我們的政府不一樣，總是喜歡製造武器，喜歡戰爭，爲什麼呢？」

這樣的問題，叫大人也無法對答啊！

雷根總統與戈巴契夫的高峰會議，能眞正產生限武的效果、阻止愚蠢的戰爭嗎？

像這個美國孩子，生活在無比的幸福中，心頭仍籠罩著戰爭的陰影。

想想寫《戰爭孤雛》的作者所說的那句話：「溫煦的陽光之下，每個兒童原都應過著幸福的生活。」可是世界上就是不斷地在製造戰爭。

豈止戰爭，從電視上看到非洲的饑荒、疾病、貧窮。那一批批骨瘦如柴的母親與孩子，一個個倒下去。美國固然發揮了最大的同情心去援救，但殘酷的上帝卻在繼續以饑荒虐待他們，殘殺他們，難道他們都是被趕出伊甸園的不聽話的子女嗎？上帝仁慈嗎？上帝公平嗎？同樣的，若依佛家說法，難道他們都是「前世作孽」該打入「人間地獄」的嗎？這叫人怎麼能釋然於懷呢？

我若會寫童詩，眞要喊：

上帝無緣無故的發怒
使爸爸媽媽和我
都同歸於盡了
我們都做錯了什麼呢？

我眞要跪下來祈禱：求上天賜予人類以智慧，克服災難，啓發人類的愛心，阻止戰爭。

——原載民國七十七年二月十一日《世界日報》

輯四

旅美隨筆

美國人的光榮

新日曆來了，翻開來先看一年中的紀念日，才發現二月分應該是美國人感到最光榮的一個月。因為他們兩位偉大的總統，都誕生在二月裡。林肯的生日是二月十二日，華盛頓是二月十五日。兩位偉人的誕辰竟然只差三天。但華盛頓誕辰被訂為國定假日，林肯誕辰卻不是。今年，華盛頓誕辰適逢星期一，在美國是長週末。主婦們又將掀起一陣廉價物的購買狂，是否感念這位開國元勳，則在其次了。

但事實上，這兩位偉大總統的生平事蹟與思想，美國的有心人，是時時在默想、懷念與感激不盡的。

很有趣的是這兩位總統的身世與家庭背景完全不同。華盛頓出生於富有家庭，受過高等教育，有很高的社會地位。他幼年時向父親誠實地承認砍傷了櫻桃樹，是每個兒童都知道的模範故事。如果他不是為所愛的國家爭取自由而忍受艱難困苦的話，他這一生是可以過得很舒適安逸的。林肯卻完全不同，他出身貧寒之家，未受過正規教育，幸賴一位賢慧的後母教養長大。但由於他堅忍不拔的意志，超人的智慧，與滿腔人道主義的愛心，領導南北戰爭，解放黑奴，由一個邊陲居民躍升為國家元首，被尊敬為「自立奮鬥者」的最佳楷模，備受稱譽直到如今，豈是偶然的。

美國人民都知道，他們兩位被尊敬的總統性格也完全不一樣。華盛頓文雅有修養，林肯卻粗獷而直率。但別以為林肯不讀書，據史傳記載，他解放黑奴的靈感竟然是由於讀了史都夫夫人的《黑奴籲天錄》而引發的。在美國人民的心目中，林肯總統的地位，與被尊稱為國父的華盛頓是同樣崇高的。

由這兩位偉人總統的奮鬥事蹟看來，可見自由是多麼寶貴？被奴役是多麼不可忍受？他們二人都不願俯首做個守成者，他們不為自己，而為國家和人民付出全部心血，一位使美國誕生，一位使美國更壯大而成為世界一等強國。

他們都是時代的偉人，諄諄教誨的，不止是美國人民，而是啓迪全人類如何發揚光輝的人性，與不分種族、不分主義的同胞愛。

以我們飽經憂患、歷盡苦難的中華民族來說，此時此刻，尤當反覆深思。

——原載民國七十七年二月二十一日《中央日報》海外版

忘掉了！

有一次偶然收看電視的一段童話短劇，非常有趣而且感動人。故事是這樣的：

小南西因爲去參加好朋友的生日會，興奮得忘了把她的愛寵玩具小老虎帶去。正在興高采烈中，她忽然想起來了，趕緊回來帶他。小老虎半撒嬌半抱怨地說：「這是你第二次把我忘掉了。但我一點也不怪你。因爲第一次是你去醫院探望奶奶的病，心裡著急。這一次是因爲去參加好朋友的生日會，太興奮而把我忘掉了。但我眞高興你終究想起我來，回來帶我了。你並沒眞正忘掉我啊！」然後他們擁抱著唱起歌來。（我意譯如下：）

我們彼此有許許多多的話想說
我們誰也不會忘掉誰

你即使偶然忘掉我
我也不會怪你
因爲我知道你愛我

歌詞是那麼的溫厚，歌聲是那麼的婉轉。然後主持人羅吉斯先生也對大家唱起歌來。

（我把它意譯出來：）

我們有許多方式去體諒一個人
有許多方式說：「我愛你。」
當你的好友偶然忘掉你時
當你的好友偶然忘掉替你辦一件事時
你會說：我一點也不生氣
一點也不怪你
因爲——
我愛你
我知道——
你也愛我！

「忘掉了！」是匆忙的現代生活中所免不了的事。「忘掉了！」也是現代人在日常生活中，最常說的一句話。這是指的無心的忘掉，而不是故意的忽略。無論如何，人間最忘不掉的是朋友之間最眞摯的情誼，就好像童話短劇裡的南西和她的愛寵小老虎。

但，另有一種「忘掉了」，是由於年齡增長，生理上的自然現象。就像我吧，查完一個英文生字，闔上字典就忘掉了，偶然談起多年不見的老同事或老同學，聲音笑貌都在眼前，就是想不起名字來。相反地，幾部舊電影名片的故事情節，主演明星的大名，卻是如數家珍，一個不漏。眞個是該記得的記不得，該忘掉的忘不掉，叫人好生氣。

又有一種「忘掉了」，是屬於心靈修養的，是要歷煉自己忘掉，那就不容易了。有一位好友對我說：「人要修練自己能忘掉，而不是記得，腦子裡、心裡的事兒，愈少愈好。」

這就是所謂的「心如明鏡台」吧！鏡子之妙，就在它的不留一絲痕跡，而照相軟片卻只能用一次，因爲它已「著相」，抹不去了。

美國人有句諺語說：“To forgive or to forget”這是指的與別人有什麼不愉快的

事。你是原諒對方，還是根本忘掉？中國人有句話：「不要氣，只要記。」那就是"To forgive but not to forget"我想「原諒」是儒家精神，「忘掉」卻是道家境界，兩者都不容易。蘇東坡因得罪了朝廷，被貶謫到海南島的蠻荒瘴癘之地，他卻坦蕩蕩地唱著「海南萬里眞我鄉。」自誇「誰似東坡老，白首忘機？」這個「忘機」，就是把不愉快的事忘掉了，那豈是容易的呢？

於是我細細體味好友對我說的那句話：「要修煉自己能忘掉，而不是記得。」好難，但得向這方向努力做去。

古訓說：「人有德於我，不可忘也，人有負於我，不可不忘也。」這是儒家的偉大寬恕精神。

再想想那個童話短劇裡的歌：

我們有許多方式去體諒一個人

有許多方式說：「我愛你。」

那就是：有的事要忘掉，有的人要忘不掉！

——原載民國七十七年三月二十六日《世界日報》

觀球記趣

這一陣子正是美國職業籃球隊比賽進入白熱化的階段。我們深居簡出，正好在電視上觀賞球賽，頗足以排遣優閒歲月。

外子自年輕時就是籃球迷，一談起球經來，眉飛色舞。我卻是個最最不喜歡運動的人。在中學時代，體育課只會打打躲避球騙個及格分數。但由於他的感染，居然也喜歡起籃球來。記得在民國四十幾年時，三軍球場有七虎與大鵬的籃球比賽，我們一定排長龍買票觀賞。無論誰勝誰敗，回來後總要討論好幾天。覺得七虎穩重，大鵬活潑，對雙方的名將，如數家珍。他們的投籃姿勢，各有千秋，外子至今仍念念不忘。

現在身居美國，無論哪一隊的勝負，干卿底事。應該是純客觀的球藝欣賞。但我卻覺得勝敗無動於衷的欣賞反而不過癮，必須幫某一隊抱一份得失之心，看起來才緊張帶勁。外子笑我太不灑脫，連看球都自尋煩惱，我說這是一種「情感的投入」，他說：「你去投入吧，我卻要做冷靜的壁上觀。」可是看著看著，他也禁不住「投入」起來，跟我一樣「幫」起某一隊來了。

我們「幫」的標準是：1.看哪一隊的教練風度好。2.看哪一隊的名將多。3.同情弱者。如果是上一場哪隊輸了就幫哪一隊，但不一定哀兵必勝，使你徒呼負負。

這些天我們連續看球，記得克里夫蘭隊的教練溫文儒雅，有儒將風範，可惜不久就被淘汰出局了，我們至今仍懷念他。因爲其他所有的教練，除了波士頓隊，一個個教練都像熱鍋上的螞蟻。尤其是東部底特律的「活塞隊」，那個教練永遠在邊上張牙舞爪，對裁判吹哨子，沒有一次是滿意的，連讓他的隊員罰進了球，他也一樣的齜牙咧嘴，一百個不高興。偏偏他的活塞隊，擊敗了我們幫得最起勁的波士頓隊，進入了總冠軍決賽，與西部湖人隊對壘。我們幫波士頓隊是因爲他們的教練風度極好，很少無緣無故叫停。他年輕時是一位籃球名將，當了多年教練，他要在這次決賽得到結果後退休了。我們多麼希望他帶領的隊能得勝，給他一個光榮的退休，偏偏他竟受挫於蠻悍的活塞隊。看球場上的作戰情形，只覺得他們雖然名將如雲，卻是廉頗已老，長江後浪推前浪，敵不過後起的活塞隊。看他低頭默默退出球場，爲之惆悵不已。不知他有沒有暗揾英雄淚呢？趕熱門的記者，搶著訪問的是勝隊球員，人世原就是這般現實啊！

現在已進入全國總冠軍決賽。我們並不太欣賞「湖人隊」教練的「溫」，但比起「活塞隊」教練那麼張牙舞爪，我們寧可幫他。使人洩氣的是昨晚第一戰就吃了敗仗，整個比賽過程中，他們只有兩分鐘的時間以一分領先過，以後永遠是落後到底。此後還有幾場硬仗要打，看他這種表現，可能連輸四場，也就提前結束了。

但，究竟勝敗如何，不可臆測。但願能哀兵必勝才好。我不免自笑，明明可以輕輕鬆鬆作壁上觀的，卻硬是要全心投入，給自己加重心理負擔。

這就是所謂的「人啊！」人，就是免不了「得失之心」而且心甘情願地受折磨。

——原載民國七十七年六月二十九日《華副》

電腦與人腦

有一回我們過白石橋去法拉盛，走的是機器收費口。碰巧機器失靈，管理員偏又久久不來，後面車子窮按喇叭，緊張了大半天。從那以後，我們過那條橋一定選人工收費出口，而且肯定地認爲，人腦勝過電腦。

因爲後來又有一次，我們付錢時，收費員看了一下，撿出一枚錢幣說：「這不是我們國家的錢。」我一看，原來我把從台灣帶來留作紀念的五元當作美國的五分錢了，連忙向他道歉。換了錢以後，順便問他願不願意收下這枚錢幣當紀念品，他說：「好啊！」就笑嘻嘻地收下了。我對外子說：「可不是電腦不及人腦嗎？是電腦的話，只會攔住你不讓過去。仍得靠人來找出問題何在。是人就會笑嘻嘻地和你說話。」

現在一切都電腦化，人類的生活簡直可用按鈕來形容。主婦們的家務全賴電腦，只要一按鈕，萬事俱備。而且電腦可以陪你下棋、打牌、吟詩、對談。但試問對著機器人有骨無肉的臉，碰到它冷冰冰的手，生活還有什麼情趣？我想家庭電腦更發達普遍以後，人的臉也一定變得跟機器人一樣，毫無表情了。

許多人看我爬格辛苦，勸我何不練習用電腦寫作。這對我這個死腦筋的人來說，是不可思議的事。試想面對一架機器的螢光幕，雙手按鈕，美感從何而來？已經有一兩位朋友用電腦打字給我寫信，字跡固然清晰，可是那龍飛鳳舞的筆跡何在呢？許多學術文章固可由資料組合，一按鈕便滔滔而出。但抒情記感之文，也用現成資料，分類組合的話，人類盪氣迴腸的感情，還值一文錢嗎？

就算電腦萬能，但有些事，按了「電鈕」，仍非「人鈕」幫忙不可。比如洗衣機吧，你能按一個什麼鈕，命令它在領子與袖口多洗幾下嗎？還不是得用手先漬洗潔精，或在二處搓幾下嗎？可見雙手是萬能的，人腦是隨機應變的。

記得有個笑話，一位牧師正在講道，忽然狂風暴雨，雷電交加，聽衆有點騷動。牧師說：「各位請安心，這座教堂是有避雷針設備的。」一位聽道者問：「您說萬能的上帝會消除一切災難，爲什麼還要靠避雷針呢？」牧師笑笑說：「你應當知道，人類發明避雷針的智慧，就是全能的上帝賜予的恩典。」

且不論有沒有全能的上帝，至少這個故事可以證明，人腦遠勝電腦。

當然，這都是我頑固又愚蠢的想法。也不知哪一天，科學家會把我這個「今之古人」現代化起來。

——原載民國七十七年二月五日《台灣日報》

輕鬆的車禍

外子的一位年輕同事，出了一次小小的車禍。聽他說來，不但有驚無險，反而妙趣橫生。可是請千萬不要想像成電影上的「飛車驚豔」，或「公路奇遇」那般的旖旎風光，那只是一幕富於人情味的趣劇。

現在就以這位同事自己的口氣，記述如下：

我的車在自己社區的公路上行駛，正在換到右線減速打算轉彎時，後面一部車子撞了上來，力量並不大。我趕緊靠路邊停車，而後面的車竟繼續把我往前推，推了好遠才停下。我連忙下車到後面，很憎怒地要跟那人交涉。那人卻並不開門，我從車窗裡望進去，駕駛座上好像看不到人，方向盤後面，只見花花綠綠堆滿了包裹一類的東西。這就怪了，難道遇上「神仙家庭」中的人物了。我伸手敲了半天車門，車門開了，伸頭仔細一看，原來是大大小小一堆的靠墊，靠墊中間，鑲著一個乾癟老太太。她四平八穩地坐著，動也不動地兩眼瞪著我。我對她說：

「太太，你的車子撞上我的車子了。」

「啊！你說什麼？我聽不見。」

原來她是個聾子，我只好大聲地喊：「你的車撞上我的車了，還把它一直往前推。」

「什麼？前面出了車禍啦？怪不得我的車開不動了。」

「就是你的車撞了我的車，」我再捺著性子喊：「請你下車看一下，我後面的保險槓撞歪了。」

「我怎麼沒覺得呢？我只覺得我的車被前面堵住了。」她顫巍巍地把雙腳伸出車外，我扶著她下了車。她瘦小得像一隻風雞，怪不得非要用好多個靠墊把自己固定在駕駛座上。我又大聲地說：

「請你把駕駛執照拿出來給我看看好嗎？」

她哆嗦著雙手，打開提包，執照還沒找出來呢！說時遲，那時快，從靠墊堆裡忽然蹦出一隻哈巴狗，竄出車門，直向大路中間衝去。這可怎麼得了？社區公路雖不及高速公路車輛多，但小狗「橫行」大道，壓死了責任算誰的呢？我顧不得等她的執照，就飛奔去抓小狗，一面打招呼請後面來的車子減速慢行。追了半天，好容易才把牠捉住，抱回來交到老太太懷裡。哈巴狗活動了一下筋骨，高興地直舔牠的「祖母」。老太太摟著牠，直喊「啊！貝貝，貝貝。」我卻已汗流浹背，氣喘如牛。老太太爬進座位，打算關車門了。我又大聲喊：

「對不起，我還沒看你的駕駛執照呢！」

她把小狗放在右邊座位上，再慢慢打開皮包，抽出執照遞給我。我一看，她已高齡七十八，想想她偌大年紀，還能半聾半瞎地，帶著愛寵在馬路上驅車遨遊，我又何忍以保險槓的一點皮傷跟她打麻煩？說實在的，跟她交涉只有給自己找麻煩。我只好仔仔細細代她把五顏六色的大小靠墊，在她乾癟身軀四周塞好，讓她只露出一張臉可以看前面，一雙手可以把方向盤，再溫和地拍拍哈巴狗的頭，跟他們說珍重再見。

老太太這才轉臉問我：「你是日本人還是中國人？」

「我是中國人，從台灣來的。」我越發大聲地說。她怎麼可以把我看成日本人呢？

「哦，從台灣來的中國人。你眞好，眞熱心，謝謝你幫我抱回小狗。不然的話，我眞不知怎麼辦，牠實在太頑皮了。但如果沒有牠陪我，我也沒意思出來玩兒了。」

她好像還要再叨叨地說下去，我實在沒心思與她再攀談了，就恭恭敬敬地給她關上車門，對她說：「祝你一路平安。」

目送她慢慢地開走以後，我回頭來摸摸自己被撞壞的保險槓，想想還眞算幸運。若是撞上來的是一輛醉漢的飛車，我還能從容地下車，幫別人抓小狗嗎？

——原載民國七十六年一月《華副》

電梯口的老婦

去年在舊金山見到一位老友，她住在一座廟宇式的老人公寓裡，非常的清靜、安全、又自由。她除了每年輪流地飛到各處探望兒女享受親情以外，閒來以寫作自娛，日子過得很優游自在。

我們促膝而談，餓了就步行至附近一間中國小館吃簡單可口的飯菜。每回進出電梯時，都看到一個老婦，坐在輪椅裡，笑嘻嘻地對著電梯口進出的每個人說「你好，祝你過得快樂。」

朋友說：「這個老太太沒有什麼親人來看她，實在太寂寞了，所以她每天都自己把輪椅推到電梯口來，跟人打招呼。」

我再看看來去匆匆的鄰居或訪客，很少和顏悅色地回報她一聲「你好」的，次數多了，連我也懶得再理會她了。可是那輪椅上一團傴僂的身影，卻久久留在我腦海中。

公寓的住戶，看來都那麼優游自在，卻也有行動不便，孤苦伶仃的老人。他（她）們沒有溫暖，沒有期待，但願能以謙卑的笑容，換來一絲關注。可是這個世界太冷漠了，人的密度愈擠卻愈疏離。輪椅上的老婦人，只有茫然數著分秒，走向人生的終站。上個月，朋友告訴我，她已經走到終站，不必再向漠不關心的人說「你好」了。

我想起另一個故事，一位老太太，每天手持一束鮮花，站在車站出口，送給第一個向她微笑注目的人。花束上留有她的地址，她因而收到很多各地來的美麗謝卡。她每天念著謝卡上誠懇的關懷辭句，度過快樂的晚年。

這位老太太比電梯口的老婦人幸福多了，因爲她有健康的身體，有一雙行動自如的腿，可以走到車站給行人送花。如此看來，要想有快樂的老年，第一要有健康的身體，不依仗旁人，還可以給旁人快樂——送人一束花。

但，也得那個接受鮮花的旅人，有一份感激回報的心，給賜予者寄一張溫暖的謝卡啊！

——原載民國七十六年三月二十日《華副》

黃金之戀

請別以爲我是拜金主義者，想到這樣一個題目，而是因爲今晨看電視節目，是描寫一對老年人黃昏之戀的趣劇。主持人在喜劇落幕時說：「別說自己年紀老了。要知道老年old age是黃金時代golden age，最最值得寶貴。」他又說「old比gold，只少一個字母，而意義完全不同。所以千萬珍惜這個G的字母。」他說得很有情趣，因此我也覺得一對老年人的相愛，當稱爲寶貴的「黃金之戀」，而不是日落西山的「黃昏之戀」。

去秋《世界日報》舉行「老年人快樂生活」的演講比賽，我應邀爲三位評審之一。仔細聆聽每一位高齡的先生、女士，亦莊亦諧，輕鬆愉悅地侃侃而談自己如何歡度老年生活的經驗。他（她）們豁達的神情，堅定的信念，與對人世充滿愛的關懷的那份誠懇，令人感動至深。

其中有一位年逾花甲的女士，她是從大陸上海出來的，兒女都很孝順，但她總不願成爲他們心理上的負擔，儘可能獨立生活。她喜愛繪畫，因習畫而認識一位高齡的畫家，二人由志同道合而結爲連理。她還在報上寫文章介紹她先生的畫，文筆生動有情致。我在散會後特地上前與她以滬語交談，彼此備感親切。看她先生，那位老畫家挽著她的手時，她的笑容美麗如花。她孝順的兒女也深以母親的幸福爲慰。他們眞是黃金之戀，心似金石，身體健康如金石。

人生數十年寒暑，自出生之日，便是向前行走，也是向終站行走，能愈走愈見境界，平安快樂地走到終站，便是最大幸福。所以，愈是桑榆晚境，愈值得珍惜，且看天邊的夕陽晚霞，不是更迷人嗎？

——原載民國七十六年四月二十四日《世界日報》

最後的旅程

一位中學時代的同窗老友，丈夫因心臟病突發逝世。他們四十多年來鶼鰈情深，她不用說是悲痛逾恆。幸兒女們個個孝順，百般勸慰，她心情總算漸漸恢復過來。後來她寫了一封信給我，告訴我在生死永訣的沉痛中，她的掙扎，她的領悟。這一段心路歷程，確實是超越於一般強自節哀的心境之上的。

她告訴我說，有的朋友勸她不要悲傷，只當先生出遠門了，但出遠門總要回家的，他卻永不再回家。這樣一想，反使她更悲傷。有一次，她向一位會命相的朋友請教，這位朋友卻對她說：「你不必算命看相，這不能解除你心中的結，更不能減少你思念丈夫的悲痛。你只要換一個想法來想，你丈夫先回家了，他在家中等待你，你卻還在旅途中，工作未完畢，兒女們都希望與你同行一段路程，享受和慈母在一起的快樂，你怎麼可以丟下他們呢？何況你的心和丈夫的心是相通的，可以隨時與他交談，來去自如。你既可享受與兒女在一起的天倫之樂，又可有丈夫在心靈上作伴，你並不寂寞孤單，你應當快快樂樂與兒女同行，讓你丈夫放心啊！」

這一席話，陡然使她領悟。她立刻感到，她丈夫的思想、感情就在她心頭，他風趣的言談也就在她嘴中，他的笑容在兒女們的臉上展露。他對她無微不至的愛，都一一在孝順兒女們的行爲中表現出來。她感到自己實在沒有什麼遺憾，實在應當好好享受最後這段旅程啊！

於是她寫信告訴我，要我放心，讀著信，我眞是萬分感動。

——原載民國七十六年四月《婦友》

老當益壯

外子的一位同事桑立良女士，爲人幹練爽朗。她每回和我們談起她的母親，滿腔的孺慕敬佩之情，溢於言表。

她的母親薩琳女士，今年已八十高齡，從最近的照片看來僅像是五十多歲；我們並不只驚奇她的駐顏有術，而是萬萬分敬佩她鍥而不舍、鑽研學問、專一的興趣與毅力。

薩女士一家於民國五十八年從台灣來美定居。經過十餘年的艱苦奮鬥，待兒女成人婚嫁以後，她以優閒之身，進入紐約市立大學史泰登島學院選修她所喜愛的藝術課程。她原已卒業於北平燕京大學外文系。只因亂離烽火中，學歷證件遺失，她不在乎學位，只就自己興趣在該學院心安理得地作個選修生。但因她成績實在太優異，該學院以有她這樣傑出的學生爲榮，就要求她參加學歷檢定考試合格後，成了正式的藝術系學生。那時她是七十二歲，以一個早已大學畢業的學生，重新與十八、九歲的青年們同窗共讀，來拿第二次的學士學位。

四年後，她再度大學畢業了。最難得的是以全A的成績，獲得全美大學名人錄的榮譽。那時《紐約時報》曾對她作了特別報導，給我們華人增加無限光榮。

這位七六高齡的薩女士，並不以此為滿足，更進而進修碩士學位，並到該校曼哈登學院選修與藝術系有關課程。每星期二清晨，她五時半即起牀，七時出門搭乘自史坦登島至曼哈登區的渡輪，再轉兩次地下車，到曼哈登學院上課。直到下午五時，才結束一天課程，滿懷歡樂地回到家中。她興趣至廣，不但對國畫有極深造詣，對於攝影、現代版畫、銅版印刷等藝術均有濃厚興趣與涉獵，也經常應邀在各地藝術中心表演畫國畫。

今年三月十八日，史泰登島學院頒發一九八八年名人獎給該校的八位校友，最突出的受獎人，就是八十高齡的華裔碩士薩琳女士。

她告訴朋友們說，她年輕時代，因受傳統禮教的約束，非常拘謹。經過了幾十年的生活磨練，尤其在八、九年來的進修過程中，她覺得自己脫胎換骨似地成了另一個女性，不再羞於表達自我了。她興致勃勃地說，完成碩士學位以後，她將更上層樓，朝博士學位邁進呢！

——民國七十六年四月

第一枝春花

今天（五月六日）是立夏，本月的最後一天將是端午節，時序已正式進入夏季。遙想國內，莫說陽明山的花季早過，連市區有些大道邊火炬般的木棉花，一定都已帶著春天歸去了。

但美國東部的冬天好長，春天也遲遲才來臨。現在正是櫻花、杜鵑、狗木花、鬱金香等，先後搶著開放。早晚散步時，滿眼的姹紫嫣紅，眞個是賞心悅目。

大家都知道，報春訊的第一枝花是迎春花。其實不是花，而是鵝黃色，細細的葉子，鑲在吐新芽的長綠冬青樹裡。滿布在家家院落，行人道邊，那一片天然的織錦，蓬勃地向人撲面而來，把料峭春寒驅走了。

我欣賞的不只是迎春花，卻是比迎春花更早的花，那就是幾位白髮老年人，穿著金紅背心，於殘雪未溶的清晨，站在車輛頻繁的街頭，爲學童指揮交通。他們是爲社區服務的志願軍，他們的熱心、恆心與不畏寒冷的精神，令人欽佩。

有一次，我邊走邊看一位挺直著腰背的白髮老婦人，指揮若定的神情，不由得腳下不小心，在人行道轉角處踩了個空，差點跌倒。她上前一把扶住我，笑容滿面地說：「小心走路喲。」她彷彿把我這個年齡與她不相上下的人，也當成了年幼的學童。我眞是既慚愧又感激。仔細看她白裡透紅的雙頰，映著晨暉，格外的神采奕奕，忍不住對她說：「你好美麗啊！」她立刻高興起來，緊緊拉住我的手說：「謝謝你，眞高興聽你這麼說。我也一直覺得自己很年輕。」她又指指另一街角站著的一位老先生說：「看，他就是我的丈夫。雪一融，春天一來，我們就忙著要出來做點事。雪眞把人封得轉不過氣來了。我們的兒女說天太冷了，怕我們在外面會凍僵，我們倒覺得心裡暖烘烘的，看這些活潑的孩子，蹦蹦跳跳地過街，跟他們一起，怎麼會凍僵呢？」

我呆呆地聽著，呆呆地望著她健康歡樂的容顏，心頭一陣暖和，本來縮著的脖子立刻伸直起來。與她揮手道別，踩著輕快的步子，回到家中，立刻在記事本裡寫下五個字：「第一枝春花。」

——原載民國七十六年五月二十五日《華副》

十步芳草

晨間散步，正逢垃圾車隆隆而過。我就在遠處停步，看幾個黑白工人，快速地將人行道邊的垃圾桶往車後大口裡傾倒，把桶子橫七豎八地扔在路邊，就登車揚長而去。一個老人從屋裡出來，把一家家的垃圾桶扶起擺正，抬頭看見我，搖搖頭說：「這些年輕人，做事粗心大意。你看這些桶子，一個個都被他們扔破了。」我向他微笑說：「你眞好，肯照顧鄰居。」他問我是不是中國人，我告訴他，我是從台灣來的。他一拍手說：「對了，我去過台灣，那兒的垃圾車有叮叮噹噹的音樂鈴，大家一聽到鈴聲就把垃圾送出來，妙極了。你知道嗎？我年輕時也當過清道夫，就沒這樣方便的車子，但也沒有像他們這樣亂扔垃圾桶。」說著就呵呵地笑起來。我非常感動的是他一點也沒有隱諱自己當年的工作，而且頗以自己的能盡職責爲榮。

他又指著自己門前的草地說：「我很生氣的是有時還要清除草地邊上狗的糞

便。許多人都無視於『請把狗拴住』的牌子。」說著他連連搖頭。

美國人很在意屋前庭院的美觀整潔，大部分人家都是花木扶疏，群芳爭豔。但有時不小心也會在人行道邊踩到糞便。眞是十步之內，必有芳草；芳草之內，偶有狗屎。不但狗屎，還有菸蒂、糖果紙屑，可見美國年輕人的公民道德已遠不如前了。

但無論如何，能與這位老人話今昔，而且以後每次見到都點頭爲禮，互道早安，亦未始不是「十步芳草」的欣然呢？

——原載民國七十六年七月十五日《華副》

忘年之樂

有一次，託一位朋友去中國城之便，代我帶一條魚及新鮮蔬菜豆腐之類。爲免她車子開進巷子的麻煩，我就計算好時間去巷口接她。她下車把東西交給我時，卻無論如何不肯收我的錢。她說這是第一次，下不爲例，但我執意不肯。兩個人就在人行道上發生了拉鋸戰。卻忘了這種中國人的客氣爭執，實非西方人所能理解。

正在此時，一位高齡的老婦牽著一隻狗冉冉地走來。她驚奇地問我們爲什麼吵架，我們向她解釋，這是友情的吵架，不是衝突。老太太聽了很有興趣，但也很感慨地說：「你們有好友可以吵架，我連吵架的人都沒有，兒女們都忙忙碌碌各自去工作。鄰居們也都有自己的事，家裡就只有這隻狗與我相依相伴。」

接著她絮絮叨叨地要和我們訴說許多事。我們都忙，只好匆匆與她道別，目送她踽踽地牽著愛犬過街而去。

我心裡有無限歉意，總覺不當冷落她，但也明知洋老太太惹上了就沒完沒了，把你當訴說的對象。想想自己也已入老境，卻是從早到晚忙不完的事，總不致牽著狗茫茫然在行人道上晃蕩吧！

這也許是每個人對人生的看法不同，與對生活安排的方式不同。有些美國老年人，子女各自成家立業之後，就去爲社區教會服務，參與社會福利工作。有的甚至在寒冷的冬天，全副武裝地在清晨站在路口指揮車輛，照顧過街的學童，白髮紅顏與雪光相映照，構成一幅極爲感人的畫面。有的坐在家中，搜集報紙剪下各種廉價折扣的優待券，送到療養院備用。有的利用零頭毛線，鉤出披肩、小毯等等，送給自己或朋友的兒孫，在鉤結時心頭洋溢著無限親情的溫暖，而雙手的十指也因愈工作而愈益靈活。我有一位八十高齡的老友，她把自己院子裡的花採了開車送給醫院病人。她的活躍矯健眞非你所能相信，這才是眞正的忘年之樂。

像這個牽著狗惶惶然無所歸的老婦人，對自己的生活，可能是遠不如以上所提的那些老人的善於安排吧？

以後我常常在巷口的臨時停車站邊，看到這個老婦，狗乖乖地坐在她身邊，我出去投信，問她是搭車外出嗎？她搖搖頭，問她是接朋友嗎？她也搖搖頭。只悽然一笑地對我說：「我坐不住，家裡太寂寞了，出來看看車子到站時，上上下下的乘客。」

我內心悵然，卻又不願多停留，生怕她又對我絮絮地念起經來。走回家時，我猜想這位老太太一定是失去老伴的，不然她不會如此孤單，我眞爲她難過，卻又無可奈何。

我也想起在舊金山訪友時，見到公寓電梯口總有一個坐輪椅的老婦，對每個進出電梯的人說「早安您好」，卻沒一人理會她。朋友說她也是住戶之一，她太寂寞，寧可轉著輪椅到電梯口迎送鄰居，受人冷落。聽了令人心酸。

老境到如此地步，還能說「夕陽無限好」嗎？

如此看來，健康才是至寶，廣闊的心胸尤爲重要。四體不勤，腦力不用，一切都會退化。美國俗語說：**To use it or to loose it.** 那麼還是應當不服老，有恆的運動，有恆的讀書，做一個「忘年」的快樂老人吧！

——原載民國七十六年十一月號《婦友》

晚年

有一次收看電視裡訪問單身婦女俱樂部的幾個婦女，要她們談談生活情況，逢年過節時有什麼感想。

她們一個是抱獨身主義的，一個是離了婚的，一個是寡婦。她們覺得儘管有親朋戚友，但和單身同道在一起談笑玩樂，另有一片廣闊天地。獨身主義者爽朗地談她豁達的人生觀，離婚婦人坦率地講她的婚姻挫折經驗，寡婦則微帶感傷地回憶與去世伴侶的幸福歲月，和如何經過心的掙扎而重獲生活情趣。她們都顯得健康、快樂，更能勇敢地面對現實，發揮個人能力，服務社會。

但說實在話，被訪問者究竟都是抽樣人物，而且面對記者與螢光幕，也格外顯得容光煥發。我卻時常在散步時，看到好幾個寂寞的老婦人，牽著狗踽踽而行。有一次，在候車亭見到一個老太太，她的臉皺得像風乾栗子，嘴裡不停地喃喃著。我不敢與她搭訕，只默默地低著頭。她問我是住在附近的嗎？我點點頭，她自言自語地說：「我來女兒家作客，他們都上班了，我就出來看車子上上下下的人，這樣也好殺時間啊。」我心裡很替她難過，卻又不想多說話。同情心也會因司空見慣而麻木的吧。

面對著她，倒使我想起那一年遊拉斯維加賭城，夜間所見到的一位老婦人，正和眼前這位同樣的，一頭白髮，穿一件紅毛衣。她坐在扳機前一枚枚地投著角子，我在她身邊站著，也在一個機器裡投了十枚五分的，沒多大興趣就走開了，她笑著向我擺擺手，很替我可惜的樣子。

第二天一早，又看見她坐在那兒，不免走過去問她：「你玩了一夜嗎？」她說：「睡了一下，睡不著，又下來玩了。」我問她：「運氣不錯吧？」她說：「運氣對我沒多大關係了，贏來一大把還是再投回去。我只是爲了殺時間。」我奇怪她怎麼會不累。她說：「我已經七十了。醫生說我心臟不好，還是出來玩玩的好。」她告訴我她有一兒一女，都分散異地，只有聖誕節和她生日才會寄卡片回來。她雖有很大房子，卻寧願住旅館，有人打掃，又不用自己做吃的。她看看我這個外國人說：「你眞幸福，這麼年輕到處玩。」我告訴她，我已經不年輕了。她仍喃喃地說：「玩吧，趁年輕時玩吧。」

她的眼神有點茫然，忽然拉著我的手說：「你一定會去玩大峽谷吧！那裡我去過兩次，第一次是新婚蜜月旅行，第二次是丈夫得了癌症以後……」我怔了一下，對眼前這位陌生老婦的傷心故事，我不忍心聽下去，何況接我們去大峽谷的車子馬上要來。但我又不好意思馬上走開，便拍拍她肩膀說：「好好玩，當心你的身體。」她卻木然地只顧說下去：「那時我們坐在小小的直升機上，望下面的層層峭壁，那麼的寂寞、遼闊，孩子們都走得老遠的，他又快走了，……」

我沒法再聽下去，她的自言自語，令人心碎。我相信這樣的獨白，她不知和陌生人們重述過多少遍了。人生本來如逆旅，匆忙來去的過客，誰又會關心誰的遭遇呢？

那老婦人悽惶的印象，一直留在我心中。比起在電視裡那幾個豁達單身婦女的侃侃而談，自有天壤之別了。

——原載民國七十七年七月《婦友》

瞬息人生

我們的近鄰，是一對年逾七旬的老夫婦。老先生和藹而沉默。每天一大早，無論風雨陰晴，總是提一大包垃圾，慢慢地走到老遠的巷尾，丟進垃圾箱，然後點燃一枝香菸，優閒地抽著，慢慢地走回來。遇到鄰居，笑嘻嘻地說聲「早」。常常的還看他撿一些別人丟棄的家具回來，放在車庫裡，用榔頭敲敲打打，變成了可用的新東西。

老太太則是精神抖擻，口若懸河，見了人就說個沒完。她說她眞要把老頭子宰了，因爲他太喜歡撿破爛，又要抽菸，所以她要把他趕到後面車庫門外去，以免屋裡空氣汙染。

他們有一個中年的女兒同住，女兒是一位虔誠的天主教徒，終生不嫁，在中學教書，人非常和藹可親，熱心負責，所以當選爲社區管理委員之一。

近半年來，老先生健康情形遠不如前，見了人也不大打招呼了。外向的老太太，依舊生龍活虎似的，由女兒陪伴著外出購物或遊玩，回家時總是興致勃勃的。我見到時不免問起她先生的身體如何，她總是說：「他老覺得自己渾身都是病，我真受不了，幸得有女兒陪我往外跑。」

最近好久沒看見老先生出來倒垃圾了，我見到他女兒，問起她父親，她哀傷地說父親已在醫院病逝了，患的是肝癌。我們住得只隔一家，竟一點也不知道，眞是「老死不相往來」，令人感觸萬千。

女兒說她母親因父親逝世，過度悲傷，健康一下子像崩潰了似的，也變得渾身都是病，心情十分惡劣。我因此也不便去打擾她，只託她女兒代爲致意。

昨天天氣晴朗，我中午去郵筒取信，卻見老太太在後面她的車庫門外徬徨。問她是否等女兒回來，她沮喪地說女兒要晚上才回家，她出來倒垃圾，虛掩的門被風吹得關上了，把她鎖在門外，一籌莫展。我扶她到自己家先坐一下，打電話請管理員來幫忙開門，卻找不到他。老太太幽幽地說：「以前老頭子在的時候，垃圾都是他提出去倒掉，我進出也都不帶鑰匙的，現在關在門外，卻沒人幫我開了。」

我望著她哀傷的神情，卻無言以慰，又不知如何幫她把門打開。幸得這陣子正有油漆匠在油漆社區房屋外面的牆壁，就請一位工人從老太太屋子的後陽台爬入，進去把前門開啓，解決了嚴重的問題。

我扶著她顫巍巍地回到她自己的家，屋子裡陰暗而空洞。覺得眼前這位老太太，和以前生龍活虎的神情，判若二人。她女兒忙於教課，雖孝順卻不能時刻侍奉在側。看著她的蒼蒼白髮、慘淡容顏，深體她老年折翼的哀痛。

從她屋子那邊繞回來，在亮麗的陽光下，看見另一家鄰居一位少婦，帶著她的嬰兒坐在草坪上曬太陽。我忍不住蹲下來和她寒暄，逗逗她的孩子。她幸福地望著嬰兒。嬰兒才七個月，非常老練地張開小口，舞動一雙胖手要想說話，一對眼睛碧藍如寶石，可愛極了。年輕的媽媽說：「我眞希望她的眼睛永遠是藍的。」我說：「一定的。」

回到家中，心頭一直浮現著兩張臉，老太太的白髮蒼顏，和她的悽悽惶惶，嬰兒的手舞足蹈，和她一對寶藍的眼睛。我感觸萬千地告訴外子，他卻雲淡風輕地說：「這是很自然的現象，何必嘆息？那位顫巍巍的老太太，不也是從那樣可愛的嬰兒長大的嗎？」他又笑嘻嘻地套起時髦的文藝腔說：「她已經走過童年，走過青春，她曾經笑過，曾經愛過，縱然苦澀，也當無怨無悔了。」

眞佩服他的幽默與豁達，誰不是這樣走過來的呢？嬰兒在每分每秒地長大，長大後每分每秒地老去，這原是自然現象，眞當學學莊子：「其生也時也，其死也順也，安時而處順，哀樂不能入。」以求安享餘年。

但我仍念念之不忘嬰兒眼睛裡那透明的寶藍，和她母親對她期望的話：「但願她永遠保有那美麗的寶藍。」她能嗎？

——原載民國七十七年十一月二十六日《世界日報》

永懷琦君專輯

莫愁前路無知己，天下誰人不識君

畢璞

最近幾年，親朋故舊日漸凋零，往往一段時期未晤，就有噩耗傳來，生命之短暫、無常，已到了令人驚愕的地步。海音、秀亞、漱菡、太乙……相繼走了；上月我才寫過追悼白烈的文章，想不到這個月琦君也離開人世，能不傷懷？

去年末在「琦君研究中心」成立典禮上看到琦君，雖然坐在輪椅上，但精神還不錯。中午聚餐時，她特地請工作人員安排和我們幾個老友同桌。她坐在我旁邊，還故意模仿當年一些江浙口音的朋友，用短促的、像鞭炮爆開的聲音喊我「嗶噗」，可見她記憶力之佳，也依然風趣。

當年，我們一些老友如張明、王琰如、林海音、張秀亞、琦君、姚宜瑛等常常聚會，其中有幾位鄉音較重，把「畢璞」說成「嗶噗」，海音就會毫不容情的糾正她們。以後，「嗶噗」兩字就成為大夥兒跟我開玩笑的「把柄」；琦君雖是浙江人，說起國語來倒是字正腔圓，她喊我名字的時候，發音極為標準。

認識琦君四十多年，她為人熱情、和善、健談、誠懇、純真；但是她也有執著的一面，不喜歡的人絕對不會虛與委蛇，假以辭色，這也正是她的真。

琦君跟我有很多共同點，譬如我們都喜歡研讀英文；喜歡收集可愛的小玩意兒；喜歡素食；愛貓等等；所以我們見面時，總有談不完的話題。當然，我是個拙於言詞的人，大部分的時間都是聽她的，她口才好、記憶力好，說起話來頭頭是道，十分吸引人；我覺得聽她講話也是一種享受，這大概跟她在講台上傳道解惑多年有關吧？自從琦君移民美國後，我每次到紐約住在兒子家時都會約她出來見個面聊聊天。我們最常去的是紐約世貿大樓地下樓的餐廳（唉！真是不堪回首），找一個安靜的角落，點些簡單的食物，我們天南地北無所不談，往往一晃眼就是一個下午，於是我們各自搭地鐵回家，約期再會。

民國七十八年的暑假，我退休後又到紐約，這次琦君邀我到她位於新澤西州的家住一夜。她把她的臥室讓給我；包水餃請我吃；她的先生李唐基還開車載我們出去玩；盤桓了一晝夜，才又開車送我回兒子家。琦君這個海外的家小巧而溫馨，給我印象甚深。回台之後，我寫了一篇〈琦君的慧心與巧手〉，描述她的家居生活，刊登在《中央副刊》上。

我們的「紐約約會」到了二〇〇〇年（民國八十九年）便戛然而止，因為我到紐約時她剛好因腿部開刀住院，在電話中她堅持不讓我去看她，恭敬不如從命，我只好寄了一張卡片去祝福她。再一次，也就是九十三年夏，我又到紐約，正想和她聯絡，她卻已和先生落葉歸根，回台北定居了。

那年回台後，在文藝界重陽敬老的聚會上和她匆匆見了一面；後來曾多次想到淡水她夫婦安養的地方去拜訪，又怕打擾，只通過一次電話。然後，「琦君研究中心」成立典禮上，有幸得以和她比鄰而坐，共進午餐，那就是我和她的最後一面了。雖然報上常常有關於她的報導，我還是很想念她，很想去看她，可惜一直拖延著，沒有實行。現在想起來，真是後悔。

琦君的盛名滿天下，桃李滿天下，知交也滿天下，正是「莫愁前路無知己，天下誰人不識君」，琦君，你安心地走吧！海音、秀亞、琰如、鍾珮、張明……你的好友們都在天堂上等你，你不會寂寞的。你的聲音笑貌也永遠留在我的心頭，我好想再聽見你笑咪咪喊我一聲「嗶噗」。

——原載民國九十五年七月《文訊》第二十四期

（本文作者為資深作家）

琦君家世及成長環境
——記師承、交游，以及早年的話劇演出

黃靜嘉

在華人世界中享有盛譽的散文及小說作家琦君逝世後，在悼念及惋惜聲中，使我想起一些有關琦君的瑣事——她的家世、師承、交游，以及她早年曾表演話劇一事。我與琦君都來自溫州，她的文字曾有助我紓解鄉愁。記下幾段因緣，或可作為今年六月十四日應鳳凰在《聯副》的文章〈你所不知的琦君〉的補遺。

琦君之本名為潘春英，學名潘希珍。她的親生父母均出於樸實的農家，但她自幼常住宦途得意的大伯潘國綱（鑑宗）家中。大伯國綱亦將琦君視如己出，故人皆視琦君為潘家大小姐。國綱因元配無子，據說在長輩做主之下娶了四房的妾，除第一個側室（二房）為杭州的旗人外，均娶自鄰近健壯的農家，希望能為國綱生個兒子。一九四〇年間，我曾因為日寇侵占溫洲地區而避居潘

氏在瞿溪山上的家廟景德寺，與在那兒養病，主持潘家家廟的舅老爺盤桓數日，相談甚歡。此舅老爺即潘家二房的兄長。

然真正替潘國綱生下一女的為三房，取名樹珍。此「樹」之真意，蓋取其枝葉茂盛，以廣子嗣之意。樹珍後來係台大外文系畢業，嫁給曾任東海大學政治系系主任的杜蘅之。蘅之是浙江青田人，他曾編輯由空軍出資的《明天》雜誌，其中有一「時論選萃」的專欄，選輯當時各報章雜誌中的文章。我曾有一篇原載《台灣經濟》的時論竟被選入，承友人楊子相告始知。我與蘅之在夏威夷大學及東西文化中心見過面，蘅之與樹珍年齡差距甚大，此後他病逝美國。

潘國綱曾擔任浙江第一師師長，為孫傳芳（馨遠）之部將，國綱的「事業」高峰，應是孫與吳佩孚（子玉）勢力結合，由孫出任「五省聯帥」的時期。其後在龍潭之役，迎戰蔣介石的國民革命軍，孫軍潰敗。潘乃下野，成為坐擁鉅資的寓公。當時，瞿溪的潘家的新居與郭溪張家舊宅（潤玉）都是當地的大宅。潘宅旁有一條河，過了河有一大片橘子園。琦君所著小說《橘子紅了》中，亦有橘園，似係以潘家的宅第為模型。而小說中為大伯納妾求子的情節，似係以國綱的故事為藍本。

國綱雖出身農野，投入軍旅，卻酷愛中國古典文學，書房中有許多古今名著，十歲的琦君，過目能誦，揮筆成文，她從古典文學、外國文學及新文學中，吸取精華，中學時的作文比賽常得第一，同學們封她為「文學大將」。

琦君就讀浙江的之江大學中文系時，師從人稱「詞壇祭酒」的夏承燾（瞿禪）。瞿禪對琦君亦另眼相看，這自然是因為琦君之穎悟、努力，但國綱與瞿禪為忘年好友，曾將琦君付託，或亦有關。琦君作品中深厚的國學根柢、文學涵養，多係受益於瞿禪之薰陶。此時琦君與另一才學出眾的同學吳聞，為瞿禪的兩位得意門生。後來之江大學因寇焰高張，避地而停課，琦君與吳聞便回到溫州。這段期間，琦君、吳聞及乃師三人常常聚首切磋詩詞。他（她）們在烽火聲中，弦歌不輟，令人想起《世說新語》中所載高士的故事。

當時溫州著名藏書樓除瑞安的玉海樓以外，應推位於永嘉的籀園圖書館，該館係為紀念樸學大師孫詒讓及其父孫衣言（琴西太傅）而設置。園景顯得古樸，我常在那裡流連忘返，也常到那裡借書。有一天在一本書中發現中夾有一封書信，其開端語逕為「吳聞如見」，大概是琦君寫給吳聞的信。印象中字跡帶有書法的美感，信裡描述二人曾共賞之美景，而有「遠山如畫，長風不斷」之文句。信中還提到兩人「聯床夜話」、「切磋紅學」之快樂情景。我在探知琦君之通訊處後，即將此封信寄還琦君。

琦君在四十年代離開大陸，吳聞與乃師則留在大陸。當時瞿禪已有家室，而在其夫人過世後，吳聞旋即與瞿禪結婚。印象中，吳聞曾寫過一本書，內容述及回憶瞿禪的種種。據說吳聞模仿夏承燾的書法非常相像，因此只要有人向夏求墨寶，幾乎都是吳聞代筆。

琦君在文學上的貢獻及地位，各方面已有定論，不勞贅言，我認為琦君除了散文及小說已為世人稱許，研究琦君者更可多留意蒐集琦君的詩詞作品，包括她與吳聞及瞿禪唱和或切磋之作。

研究琦君生平者，似乎無人提到琦君的話劇演出，也許我是少數曾親臨現場觀賞琦君的戲劇表演之人。大約在一九四三年，當時我十七歲左右，是溫州話劇運動成員。並兼有地方報章話劇評論人的身分，因此在這一齣曹禺的《雷雨》排演及公演時，我就應導演董辛名之邀，到場觀賞並提供意見。

當時琦君雖二十七歲，但剛剛大學畢業，人生閱歷仍不十分豐富。但她飾演劇中繁漪一角，穿著色澤黯淡的旗袍，給人一種文靜、成熟而不無幽怨的少婦形象。她演活了劇中這個因與丈夫年齡及性向差異甚大，且與乃夫私生子周萍發生不倫之戀的少婦。

其他演員如今仍能記憶者，為演四鳳的曾淑英，當時她已完成高中學業，還未進大學，扮相甜美，有小鳥依人之丰韻。據說她已多年不在溫州。另為演魯大海的劉光新，光新當時為地下黨黨員，而在國府體制擔任社會行政工作。大陸開放後重逢時，他好像是在做類似營建包工的工作，而今光新已過世多年。從這些人的背景，也可看出當時話劇運動之組成份子，深入各社會階層。

琦君完成之江大學學業後，初係在上海匯文女中學任教，勝利復員後至青田任浙江高等法院通譯書記官。當時浙江高等法院院長是浙江東陽籍的鄭文禮，此人後轉任至江蘇高等法院院長。蘇、浙人文薈萃，為國府根基之地，文禮曾任兩地之最高法曹，可以想見其在當時法律界之地位。一九七〇年代，我與老法統立委胡健中有些交往。胡曾述及當年與琦君及鄭文禮三人相聚歡敘之情，猶眉飛色舞。遙想當年琦君風華正茂，鄭、胡兩人亦事業得意，意氣風發。三人間的純正情誼，顯然在各自的人生途中，留下一段美好的回憶。

國民政府在一九二七年奠都南京，胡在杭州辦過《東南日報》，來台後在國民黨改造委員會擔任中常委，又兼《中央日報》社長，堪稱動見觀瞻的人物。晚年卻遭受財務上的困難，肇因於當時台灣政府，為拉攏日本右翼組織，成立所謂中（台）日合作策進會。雙方且合資成立寶華水產公司，擁有一艘子母船「寶華輪」。該公司曾向銀行貸款，由身為台方委員之胡擔任保證人。後寶華公司經營不善，發生財務問題，胡在立法院的薪水皆被扣押。而我受債權銀行之委任，雖必須促其清償債務，但我在執行的程序中酌予亦顧及維持胡之生活必需。

幾年前我回到故鄉，看到潘家舊宅已劃入當地中學的校區，其中一棟則闢為琦君文學館。我在該館兩層樓的建築裡，巡禮了一番，也拍了些照片，回台寫了封信告訴琦君與李唐基夫婦。唐基跟我在一九四七年間同在金銅礦工作，我是勞務課長，他則為會計課長。他的籍貫是為四川酆都人，據他說，如午夜在酆都路上行走，會碰到鬼魂。唐基美風儀，且為正人君子，與琦君相差五歲。他們結婚後，我曾拜訪其位於舊司法大廈地下樓的法院宿舍，當年物資缺乏，其居室簡單樸素，令人肅然！後來唐基到招商局工作，又受派遣到美國。年前才回到台灣，住在淡水的潤福新象。我至淡水潤福新象探友，看見正遷入該新居不久的唐基、琦君兩位。琦君行動不便，靠助行器行走，言談也不是非常俐落，唐基照顧琦君卻無微不至，不以為苦。足見兩人鶼鰈情深，深替琦君的晚景慶幸！

（本文作者為聯合法律事務所創辦人）

漸行漸遠還深
——二十年書信往返念琦君

陳素芳

「海音逝世，我寫不出長文心情很差，人老了，沒有靈感，只有感傷。怎麼辦？」二〇〇一年十二月十七日，琦君寫下最後一篇文章「最後的握手——悼念摯友海音」，三張稿紙外，她隨函寫下這段話。

編到快三〇〇號的信

一九八五年，琦君散文集《此處有仙桃》獲國家文藝獎，她人在美國，由我代為領獎，她餽贈黃花絲巾，回信答謝，開始與她通信，從「敬愛的琦君女士」到「親愛的琦君阿姨」，書信往還，直到二〇〇四年五月，她回台灣定居。

二〇〇一年她回大陸溫州老家主持「琦君文學館」開館，回程來台小住，她對我說：「你寫的每一封信，我都編號，現在已編到快三百號。」感動又愧疚，我脫口而出：「下次我去美國看你。」如果我也將琦君寫的信編號，那應該是將近四百號了。

琦君對文章要求高，往往剛收到一篇文章，第二天又來一封信修正，她說寫完文章再看一遍，少一字也通，那就代表有廢字，她修正文章就是在刪「廢字」。她知道我和社長蔡文甫會為他剪報，常隨函寄來文章在海外發表的剪報，卻常是與國內內容相同題目不同的文章，幾次我都以為又是一篇新文章。剪稿成篇，書一本本出，直到一九九七年最後一本散文集《永是有情人》。

回琦君信成了生活的一部分，有時三封回一封，惹得同時有兩三位文友打電話來說：「琦君說你沒回她的信。」停筆之後，她的信來得更勤，有一陣子，一星期會收到兩三封，寫不出文章與頭暈風濕的老毛病，成了她的愁苦，在許多封信裡都透露著這個訊息：「朋友對我這麼好，我卻不再寫文章了，沒有靈感啊。文債，很重，書債也很重，只好先贈書以還債。」信裡她竟說自己沒有成就，因為連著幾封未及回，我去長信安慰，她回信：「你的信對我是一帖振作的良藥，原已垂頭喪氣的人，一讀再讀就活過來了，我聽你話，一定不放下筆，再寫，邊寫邊哭也甘心。」「你封我『大師級』，我汗流浹背，我從來不敢作大師夢的。」然後是一段令我啞然失笑的話：「你跟我，就像宋詞寫的：將你心，換我心，始知相憶深。」

她總是記住別人的好，而且不吝讚美，出版她作品的出版社，爾雅、洪範、三民、九歌的負責人，常常掛在嘴邊，晚年作品幾乎都在九歌出版，寫給我的每一封信都不忘附筆問候蔡先生，有一次還說：「蔡先生人真好，真想收他作乾弟弟。」我終於知道她為什麼有那麼多乾女兒。我為她辦一些轉信、買藥、買書、寄書等小事，她來信稱謝，說我是「有為的青年」，她總在信裡說某某人很誠懇，為人熱心，我跟他說誠懇熱心的人是你。不是嗎？在美國時她總熱心的為文友改稿，推薦出版，出書時還寫序，熱線不斷，電話費暴增，惹得另一半李唐基不得不嘮叨。

替琦君傳遞訊息是一件快樂的雅事。有一次她寫道：「張作錦的文章我極欣賞，見到他請代我致敬佩之忱，他如肯在書上簽名，我將感到萬分榮幸。」不知是誰「萬分榮幸」，接到訊息，作老果然惶恐的直呼「不敢當，不敢當」。看到好友，爾雅出版社的負責人隱地寫新詩，寫的一手好古詩詞的她，動念想寫新詩，還寫信問詩人瘂弦，要我為她買書，寫著：「八六老婦學寫新詩，不是愚人也是痴，哈哈哈。」

雪夜見故人

二〇〇三年後，她的信漸漸少了，每一封的開頭總是「頭暈，手抖得厲害，走路歪歪斜斜」，而字跡潦草的「非常想念」、「十二萬分想念」更是字字催促著我赴美，五月以後她不再寫信，有事也由先生代筆。我擔心不赴美，會終身憾恨。於是，二〇〇三年十一月底，飛抵美國，遇上那年的第一場雪，住進琦君家中，我以為那可能是今生最後的相聚。

寧靜的夜晚，外面的世界積雪一吋吋深，溫暖的室內，白髮皤皤，身體瘦小的琦君，精神奕奕說著我們共同認識的人，我問她頭暈不暈，她說好朋友來頭就不暈了，說起林海音、何凡、神色黯然，「那麼光鮮的人，怎麼就走了。」老友一一離去，她萬般不捨，翻開舊照片，五十年代的女作家林海音、鍾梅音、潘人木等，身著旗袍，手挽皮包，風華正盛，一字排開優雅的站著，她指著自己：「那時我還挺好看的。」然後開始用溫州話念起恩師夏承濤的詩句：「滿眼青山獨往時。」她說：「只要閉上眼睛，夏老師的樣子就在我眼前。」

琦君家在紐澤西，與紐約僅隔一條橋，寧靜的小社區，一排排獨棟的二樓洋房，極好的居家環境，卻不一定是養老的優勝美地。在前往車程四十分鐘外的超市路上，唐基先生對我說起回台的意願，他希望我勸琦君，我想，一個八十幾歲的老人照顧另一個年紀更大的老人，住在冬天積雪盈腳，往任何地方都須開車的地方，他的決定是正確的。只是琦君為什麼需要我勸？她喜歡台灣，台灣更喜歡她，老友多，書迷到處都是，更何況曾經住了三十幾年，異域美國有什麼讓她放不下？我想起了往年母親節後總會收到她的信，說起與兒子相處的情形，見到兒子，開心不已，連吃飯的菜色都寫得令人垂涎。有時電話沒打通，不禁抱怨「今年的母親節不說也罷」再用大篇幅說兒子遠在異地工作辛苦，媳婦又是如何懂事乖巧，然後再補上：「佛家說：人生就是還債，如能以債為樂就好了，可惜我沒有如此好修為。」她放心不下的是早已成家立業的兒子，她近乎哭喊的對我說：「我回台灣，兒子會以為我拋棄他啊。」

說再見的方式

二〇〇四年五月琦君夫婦回台，正式入住淡水潤福，剛回來，每次見面，就問說：「我在哪裡啊？」扶著助行器，緩步前進，口裡念著：「一二三，到台灣，台灣有個阿里山，阿里山上有神木，明年一定回大陸。」然後掩著嘴，看向唐基先生，小聲對我說：「他說現在不能說回大陸。」我說怎麼辦？「明年不要回大陸。」說完，自己開心得笑了開來。

琦君回台，媒體大幅報導，喚起大小讀友懷舊情懷，紛紛詢問她的舊作，九歌早已有計畫重新整理她的舊作，新書出版，我帶給她看，她開心的逐字念著：「我以前文章寫得這麼好啊？」然後懊惱的說：「我都不記得了。」又像個不死心的小女生抓著我問：「你說，我可不可以再寫？」眼前瘦小的老婦人與她文章中那個胖胖的小女孩身影交迭，委屈時嘟著嘴，身體往沙發裡縮，欲言又止，好像在等待大媽溫暖的擁抱，開心時，拍拍手，周遭的人都感受得到她的快樂。她說：「現在的事都不記得，過去得事記得一清二楚。」說起母親，「我大媽人太好，她好可憐。」談到二媽，她告狀似的說：「二媽好凶，會罵人。」然後又嘆氣說：「舊時代的女人命都苦，二媽也是可憐人。」再來上一段詩詞：「但得此心春常滿，須知世上苦人多。」

與琦君促膝談心，有時就像一次次重讀她寫童年的文章。然而回到辦公室重編她的作品，面對文字，卻又像是一種向她說再見的方式。

這半年來，她胃口越來越小，眼睛閉著的時間卻越來越多，我去看她時，她勉力撐開眼皮，輕喊我的名字，就不再說話，她是在想著她的大媽，還是什麼都不想？我聯想到的字眼是「疲憊」，感傷鋪天而來，欲哭無淚。

一位在琦君臨終前照顧的護士說：「我十二歲時讀她的作品，現在三十六歲，能夠為她做人生的最後一件事，我覺得自己好光榮，好福氣。」知命之年不知命，生命的功課多了一門「告別學」。回想前塵，展讀琦君二十年來寫給我的書信，悲欣交集，想起那位護士說的：「好光榮，好福氣。」

——原載民國九十五年七月《文訊》第二十四期

（本文作者為九歌出版社總編輯）

琦君作品目錄一覽表

論述

詞人之舟　民七十年，純文學；民八十五年，爾雅
剪不斷的母子情　民九十四年，中國語文月刊

散文

溪邊瑣語　民五十一年，婦友月刊
琦君小品　民五十五年，三民
紅紗燈　民五十八年，三民

煙　愁　民五十八年，光啓社；民七十年，爾雅
三更有夢書當枕　民六十四年，爾雅
桂花雨　民六十五年，爾雅；民九十一年，格林
細雨燈花落　民六十六年，爾雅
讀書與生活　民六十七年，東大
千里懷人月在峰　民六十七年，爾雅
與我同車　民六十八年，九歌
留予他年説夢痕　民六十九年，洪範
母心似天空　民七十年，爾雅
燈景舊情懷　民七十二年，洪範
水是故鄉甜　民七十三年，九歌（民九十五年，重排新版）；
二〇〇六年（簡體字版），湖北人民
此處有仙桃　民七十四年，九歌（民九十五年，重排新版）
玻璃筆　民七十五年，九歌
琦君讀書　民七十六年，九歌

我愛動物　民七十七年，洪範

青燈有味似兒時　民七十七年，九歌（民九十三年，重排新版）；二〇〇六年（簡體字版），湖北人民

淚珠與珍珠　民七十八年，九歌（民九十五年，重排新版）

母心・佛心　民七十九年，九歌（民九十三年，重排新版）；二〇〇六年（簡體字版），湖北人民

一襲青衫萬縷情　民八十年，爾雅

媽媽銀行　民八十一年，九歌（民九十四年，重排新版）

萬水千山師友情　民八十四年，九歌（民九十五年，重排新版）

母親的書　民八十五年，洪範

永是有情人　民八十七年，九歌（民九十四年，重排新版）

小說

菁姐（短篇）　民四十三年，今日婦女雜誌；民七十年，爾雅

百合羹（短篇） 民四十七年，開明
繕校室八小時（短篇） 民五十七年，台灣商務
七月的哀傷（短篇） 民六十年，驚聲文物
錢塘江畔（短篇） 民六十九年，爾雅
橘子紅了（中篇） 民八十年，洪範

合集

琴心（散文、小說） 民四十二年，國風；民六十九年，爾雅
琦君自選集（詞、散文、小說） 民六十四年，黎明
文與情（散文、小說） 民七十九年，三民
琦君散文選（中英對照） 民八十九年，九歌
母親的金手錶 民九十年，九歌；二〇〇二年（簡體字版），中國三峽
夢中的餅乾屋 民九十一年，九歌；二〇〇二年（簡體字版），中國三峽

兒童文學

賣牛記	民五十五年，三民
老鞋匠和狗	民五十八年，台灣書店
琦君說童年	民七十年，純文學
琦君寄小讀者	民七十四年，純文學；民八十五年，健行
鞋子告狀（琦君寄小讀者改版）	民九十三年，九歌

琦君及著作得獎紀錄

民五十二年（一九六三）　獲中國文藝協會文藝獎章

民五十九年（一九七〇）　著作《紅紗燈》獲第五屆中山文藝獎

民七十四年（一九八五）　著作《此處有仙桃》獲第十一屆國家文藝獎

著作《琦君寄小讀者》（後改名《鞋子告狀》）獲金鼎獎

民七十七年（一九八八）　著作《琦君讀書》獲新聞局中小學生優良課外讀物第六次推介

民七十八年（一九八九）　著作《青燈有味似兒時》獲新聞局中小學生優良課外讀物第七次推介

民八十年（一九九一）著作《母心·佛心》獲新聞局中小學生優良課外讀物第九次推介

民八十八年（一九九九）著作《永是有情人》獲新聞局中小學生優良課外讀物第十七次推介

民九十二年（二〇〇三）著作《母親的金手錶》榮登金石堂年度TOP大眾散文類

民九十三年（二〇〇四）著作《鞋子告狀——琦君寄小讀者》入選第四十七梯次「好書大家讀」

獲總統府頒贈「二等卿雲勳章」

民九十四年（二〇〇五）著作《鞋子告狀——琦君寄小讀者》新聞局中小學生優良課外讀物二十四次推介

獲亞洲華文作家文藝基金會頒贈「資深作家敬慰獎」

民九十五年（二〇〇六）著作《永是有情人》入選第四十九梯次「好書大家讀」

琦君作品集 08

淚珠與珍珠

著者	琦君
發行人	蔡文甫
出版發行	九歌出版社有限公司 臺北市105八德路3段12巷57弄40號 電話／02-25776564・傳真／02-25789205 郵政劃撥／0112295-1
九歌文學網	www.chiuko.com.tw
印刷	晨捷印製股份有限公司
法律顧問	龍躍天律師・蕭雄淋律師・董安丹律師
初版	1989（民國78）年5月10日
重排增訂二版	2006（民國95）年8月10日
二版4印	2015（民國104）年11月
定價	220元

ISBN 957-444-333-7
書號 0110008
（缺頁、破損或裝訂錯誤，請寄回本公司更換）

國家圖書館出版品預行編目資料

淚珠與珍珠／琦君著. -- 重排增訂二版.
--臺北市：九歌， 民95
面； 公分. --（琦君作品集；8）

ISBN 957-444-333-7（平裝）

855 95011729